JN006205

香港陥落

The Fall of Hong Kong

Hisaki Matsuura

松浦寿輝

講 談 社

目次

装幀　川名　潤

香港陥落

一九三八年十月、日本軍は広東を占領、翌年二月、海南島を占領、引き続き中国沿岸封鎖作戦を展開し、四〇年六月には香港と国境を接する深圳を占領しここを封鎖した。香港は当時日本とは交戦状態にはないイギリスの植民地であり、従って中立地帯であって、そこまで侵攻することはできなかったが、日本軍は以後、香港占領計画を着々と準備してゆく。

一九四一年十二月八日未明、日本軍はハワイオアフ島の真珠湾軍港を奇襲攻撃、対英米に宣戦布告し、太平洋戦争が始まった。同日未明、香港攻略作戦を開始、十二月九日、イギリス軍が築いた要塞地帯ジン・ドリンカーズ・ラインを突破、十二日、九龍市街を制圧、十八日には香港島に上陸する。イギリス軍は激しい抵抗を続けたが、二十五日に全面降伏し、十八日間に及んだ香港攻防戦は終結した。イギリス軍の戦死千五百五十五、捕虜九千四百九十五、日本軍の戦死六百八十三、戦傷千四百十三。

日本軍はイギリスの統治府であった香港政庁に代わる香港軍政庁をペニンシュラ・ホテル内にただちに設置、さらに翌年二月、香港占領地総督部を香港上海銀行・香港本店ビルに設置、大本営直隷下の軍政を布いた。以後香港は、一九四五年八月、ポツダム宣言受諾によって日本の敗戦が確定するまで、三年八か月にわたって日本の統治下に置かれた。

一九四一年十一月八日土曜日

谷尾悠介がペニンシュラ・ホテルの玄関でタクシーを降り、吹きつけてくる寒風に首をすくめて革のブルゾンの襟を立てたのは午後八時過ぎで、約束の時刻にはすでにかなり遅れていた。しかしガラス扉をいそいそと開けてくれたドアマンに頷いてホテルのなかへ入っていった谷尾の足取りに、とりたてて足を速める気配はなかった。車中から始まって皮膚をちりちりとそそけ立たせていたけうとい非現実感が、天井の高い豪奢なロビーに入ったとたんいきなり全身に満ちたように感じ、そのせいで足取りはむしろ少しずつ重くなっていった。物にも人にも、堅固な手触り、確実な手応えがなく何もかもが芝居の舞台の書き割りでしかないような気がしてならない。俯きかげんに歩を運びながら、もう何もかも面倒になってしまったなという思いがふと頭をよぎった。いずれにせよこんなことはもう長くは続かないのだ、すべては束の間のものなのだと思う。仮初の賑わい、ほんのいっときだけの嘘くさい昂揚。

くるりと身をひるがえしつい今しがた入ってきたばかりの玄関を出て、おれをここまで運んできたタクシーを呼び戻すか、あるいはそれがもう行ってしまっていたらホテルの前の車寄せに列をなして待機しているタクシーの一台をドアマンに呼ばせ、それに乗りこむかして、もうこのまま帰ってしまおうかと、そんなことさえちらりと思った。そうはせずに歩きつづけ、着飾った男女がさんざめいている広いロビーを横切ってその奥にある階段をめざしたのは、こうして歩きつづけるのはたしかに億劫だが、立ち止まって体の向きを変え反対方向へ向かってまた歩き出すという一連の動作をするのはそれよりいっそう億劫だという、ただそれだけの理由によるのかもしれなかった。谷尾は疲れていた。

イギリス人が大部分だが中国人の姿もちらほら混ざった盛装の男女——剣襟のタキシードを着込み蝶ネクタイを締めた男たち、ロングドレスの広く開けた胸元を真珠のネックレスで飾った女たち——の間を谷尾は何も目に入らないふりをしながらすり抜けていった。ざっくりした粗い編みの焦げ茶のセーターのうえに厚手の黒革のブルゾンをはおっただけというざっかけない服装の谷尾は、自分がどこかから紛れこんできた場違いの輩のように見えているのか、それとも逆に、空間の背景色に溶けこんでしまったような具合でむしろまったく目立っていないのか、よくわからなかった。ともかくきょろきょろしたりせず俯いて用ありげにするすると抜けてしまえば、そう人目に立ちはしまい。

男たちのポマードやオーデコロンのにおい、女たちの香水や白粉のにおいが漂っているが、それをむしろ押しのけるようにして、心を落ち着かせない強い花粉のようなにおいが鼻孔に届き、嗅覚をくすぐりつづけるように感じるのは気のせいだろうか。気のせいではないとしたらそれは自分の体から発するにおいに違いなかった。つい先ほどまで油麻地(ヤウマーテイ)の安ホテルの一室で体を重ねていた女のにおいがシャワーを浴びても洗い流されず皮膚に染みついているということか。いや花粉と言うならそれは雄蕊(おしべ)の葯(やく)のなかにできるものなのだから、むしろおれの鼻孔をちりちりと刺激しているこれはおれ自身の性のにおいなのだろう、おれはおれ自身がうとましいのだと谷尾は思った。

そのうとましさこそおれに残されたほとんど唯一の、現実味を帯びた手触り、手応えということになるのか。そうかもしれない。だが、だとしたらあの女の細い体の白い肉がおれの手を押し返してくる微弱な力は、そのやわやわとした手応えはどうなのだ。しかしそれは今この場所にはないものだ。それはもはやない。ただあの女の背中の、うぶ毛の生えたきめ細かな肌の何かねっとりとした触感の記憶がおれのてのひらに、指先に残っているだけだ。どれほどなまなましいものであろうと記憶は記憶でしかない。

谷尾は大理石の階段をのぼって、二階にある広東料理のレストランの入り口で年寄りのマネージャーに迎えられた。このホテルに似つかわしい格式の高い店だが、顔に張りついたような微笑を崩さないその黒服の男は、内心ではどう思ったかわからないものの、谷尾のふだん着のような服装を咎めるような表情はちらりとも浮かべなかった。そもそもこの愛想のよい老中国人が日本人というもの一般に対してどういう感情を抱いているのか、谷尾には本当のところは見当がつかなかった。正式な宣戦布告はどちらからもなされているわけではないが、中国と日本が交戦状態に入ってすでに久しい。ただし香港は中国の領土ではなくイギリス領で、イギリスは日本とは今のところはまだ辛うじて友好関係を保持しているから、男が谷尾を見る目は敵国人を見る目ではない。もとよりペニンシュラ・ホテルのような名門ホテルは国籍を異にする男女が日常的に通過してゆく場所だから、そのレストランの雇われ人としては立場上、客が何国人だろうとそのことで表情や対応を変えることは厳に慎むように訓練されているだろう。それに谷尾は月に一度くらいずつだがこのレストランにずっと通いつづけてかなり長い月日が経っているので、もう顔くらいは見覚えてもらっているようだ。

やはり微笑を張りつかせた小姐（シアオジエ）がブルゾンを預かろうとして手を伸ばしてくるのを断りながら、八割がた席が埋まった店内を見回すと、壁際の四人掛けの卓に一人ぽつねんと座っている、深緑色のジャケットを着たひどく肥った西洋人の大男がすぐ目についた。ごま塩の頭髪が薄くなりかかったのを補うように顎鬚をもじゃもじゃに伸ばしたその男も、ネクタイは締めておらず、いつ洗ったのかわからないようなワイシャツのボタンをうえから二番目までだらしなく外している。

真っ直ぐそちらに近づいていき、右手をちょっと上げ、やあ、リーランド、と英語でつぶやきながらその男の前の椅子の背に手をかけた。リーランドと呼ばれた男は目を何となく逸らしかげんにしながら、卓のうえにだらりと伸ばしていた右手の、肘から先の部分だけを、手の甲をうえにしたまままちょっと持ち上げた。それは握手を求めるしぐさだったのかもしれないが、谷尾はそれが目に入らなかったふりをして、その代わりに、男が同じようにだらりと卓上に伸ばしている左手の、着古して型がくずれかけた杉綾織りのツイードのジャケットの袖からのぞいている手首に目をやって、

あんた、良い時計をしているな、ロレックスか、と言い、ゆっくりと椅子を引いて腰を下ろした。数瞬の間があり、それから肥った男は、

それだけか、と言った。呻くような小声だが、この男のバスの声はよく響く。

ん……？　と谷尾は眉を上げて男の目をのぞきこんだ。

詫びのひとことくらい、あってもいいんじゃないか。七時半という約束だったろ？　おれはその十分前に来た。

それはお待たせして失礼した、と谷尾は大して恐縮しているとも見えない表情で言った。なかなかタクシーがつかまらなかったものでね。黄(ホアン)はまだ来ていないのか。

リーランドはふて腐れた表情で片手を振り、誰も座っていない椅子を示しただけで、何

も言わなかった。見ればわかるという意味だろう。それから、
誰も彼も約束なんか守りゃあしない、仁義も地に堕ちた、紳士なんか今やどこにもいやしない、とひと息に言って大袈裟なため息をついてみせた。リーランドの息は酒臭かった。彼の前にはウィスキーが入ったグラスが置いてあるが、中身はほとんど残っていなかった。そもそもそれが何杯目のグラスなのかもわかったものではない。

紳士はねえ、いるところにはいるみたいだよ、おれはもちろんそんなものではないが、と谷尾はなだめるように言った。今しがた通り過ぎてきた一階のロビーには沢山いたぜ、ジェントルマンのお歴々が。今夜もダンスパーティがあるんだな。

ダンスパーティ……。紳士淑女の皆さまがたよ、か。ふん、あいつらが紳士なもんか。紳士の紛いものにすぎん。この香港製のロレックスと同じだ。

リーランドはそう言って右手の人差し指で左手首に巻いた腕時計のフェイスをとんとんと乱暴に叩いた。

中国人の上流階級はまあいいよ。身にそなわった自然な品位ってものがある。もちろんタキシードだのロングドレスだの、西洋ふうの盛装が板についているとはとうてい言えない。言えないが、板につかないなりに恬然と、堂々と構えている落ち着きよう、腰の据わりようから、生まれのよさ、育ちのよさがおのずと伝わってくる。ところがこの香港に流れてきたイギリス人の官吏やにわか成金の商人どもにはなあ、その品位ってものがない。

官吏はと言えば本国では二流どころの連中で、ともかく何年か大過なく勤め上げ、その実績をみやげに早く本国へ呼び戻してもらおうとしか思っていない。商人はと言えば、儲け話がどこぞに転がっていないかと鵜の目鷹の目できょろきょろしている、下品な手合いばかりだ。

べらべらとひと息に喋ったリーランドにはすでにかなり酔いが回っているようだった。彼がまくし立てる同国人批判は谷尾にはすでに聞き飽きたものだった。

今夜のパーティは戦闘機購入の資金集めを目的としたもので、ヤング総督も出席しているという話だよ、と谷尾は言った。あんたのかつてのボスだろう、挨拶くらいしに行ったらどうだ。

サー・マーク・アイチソン・ヤング総督がねえ、とリーランドは「閣下(サー)」に皮肉たっぷりのアクセントを付けて言った。いやいや、おれなんかが行っても会場に入れてもらえるわけがない。それにあのヤングというのはおれが辞めた後に来たやつなんだ。おれの頃の総督はジョフリー・ノースコートという退屈至極なおっさんでねえ。あ、サー・ジョフリー・ノースコートだ、もちろん。

ブレント・リーランドはイギリス政府直轄の香港政庁の貿易部の職員だったが、定年まで何年か余して四か月ほど前に退職していた。職場の人間関係に嫌気がさしたのでおん出てやったんだと称しているが、酒か女か、あるいはその両方かにまつわる、けちなスキャンダルが原因で解雇されたのだという噂を谷尾は聞いていて、その噂が事実であることは十中八九間違いなかった。今はロイター通信社に非正規社員として雇われているのだと、これも自称しているが、どうだか怪しいものだと谷尾は思っている。「香港に流れてきたイギリス人」の二流ぶり、品のなさを難じる資格がこの男にあるとはとうてい思えなかったが、この男の吐き散らす悪口は明らかに苦々しい自嘲混じりで、その自己批評のユーモアによって言葉の毒がかなり薄まり、聞き苦しさが減じて、右から左へさらりと聞き流せるものとなっているのは谷尾には有難かった。

谷尾は手を上げて小姐（シアオジエ）を呼び、ビールを注文した。グラスに残ったウィスキーを飲み干したリーランドもそのグラスをちょっと上げて見せて、お代わりを、と言った。

料理は何か注文したのか、と谷尾が尋ねると、

まだだよ、とリーランドは答えた。黄（ホアン）が来たらあいつに注文させればいい。何が旨いかあいつがいちばんよく知ってるだろう。

そうだな。しかし、酒だけ飲んでるのもつまらないから……。何か酒の肴になるような前菜を持ってきてくれ、と谷尾は小姐（シアオジエ）に言いつけた。小姐（シアオジエ）が行ってしまうと、

それにしてもな、またダンスパーティかよ、とリーランドが嘆息した。のんきなもんじゃないか。毎週毎週、そんなことにうつつを抜かしていていいのかねえ。ハッピーヴァレーだって今日も競馬で賑わっていたんだろう。深水埗（サムソエポ）兵舎に駐屯しているロイヤル・スコ

ット兵団の軍楽隊が、わざわざ海を渡って競馬場へやって来て演奏を披露したとか、する予定だとか、そんな話も聞いた。そういうのんびりしたことをしていていいのかねえ、このご時世に。

いいんだろうなあ、と谷尾は言った。そもそもロイヤル・スコット兵団じたい、この週末もクリケット場でラグビーを楽しんでいるっていうからな。

そりゃあまあ、けっこうなことで、とリーランドは言った。

小姐（シアオジエ）が二人の飲み物と、茹で海老、茹で鶏、皮蛋（ピータン）、くらげのあえ物などを盛った大皿を運んできた。しばらく黙っていてから、谷尾は、

けっこうなことだ、とねえ。だが、けっこうなこともそうそういつまでも続かないだろうな、と言った。

けっこうなことが終わるとどうなる、とリーランドは腹立たしそうに訊き返した。

悪いことが起こる。

あんた、しれっとして、他人事のように言うねえ。悪いことはもうとっくのとうに起きてるだろ。ここ数年で香港の人口がどれくらい膨れ上がったのか、知ってるだろ。

谷尾は頷いた。

四年前にはせいぜい百万人だったのが、今年の三月時点の統計では百六十四万人、とリーランドは言った。その後この半年でさらにどれほど増えているものやら。貴国の占領地

域から逃れてここに落ちのびてくる中国人の流入を何とか押しとどめようと、香港政庁や警察は必死だが、何の効果も上がっていない。この狭い香港に人が溢れて、食糧もエネルギーもこのままでは早晩、決定的に足りなくなる。それにどのみち香港は、避難民が安全に暮らせる楽園なんかじゃないぞ。去年の六月、貴国の軍隊が深圳を占領した。深圳から香港はつい目と鼻の先だ。あれをしおに、こんどは逆のパニックが、難破しかけた船からネズミがいっせいに逃げ出すような流出現象が起きるかとおれは楽しみに待ち構えていたんだが、そんな気配もない。香港人口はまだまだ増えつづけるいっぽうだ。あいつら、いったい何を考えているんだ。

いや、だって、と谷尾が言った。たとえば上海が駄目そうだというので香港へ流れてきた中国人たちがだな、香港もやっぱり駄目そうだということになって……さあこんどはどこへ行く。どこへも行きようがあるまい。ここがもうどん詰まりなんだから。

それでもだな、深圳まで攻めてきて、今はそこにじっと駐屯している貴国の軍隊が、いったい何を考えているのやら、何を計画しているのやら、それを想像するということをしないのかね。

そりゃあ、しないはずはなかろうな。

想像すれば怖くなる。怖くならないはずがない。

あんたも怖いのか、と谷尾は言ってリーランドの顔を注視した。

ああ、怖いねえ。怖くて怖くてたまらない。香港との境界の防衛線――ジン・ドリンカーズ・ラインに張りついて守護しているイギリス軍の動向を、日本軍は今、朝な夕なに双眼鏡で観察して、兵士の数や武器装備の程度を調査している最中だろう。いずれ近いうちに、指令さえ下れば、ただちに何とかあれを突破して……とうずうずしながら、慎重に計画を練り訓練を重ねているところだろうさ。もう、いつなんどき、ことが起きても……あんたの言った、悪いことというのはそれだろう。

リーランドも谷尾の目を真っ直ぐに覗きこんできて、一瞬、視線と視線が絡み合ったが、谷尾はさりげなく目を逸らし、

いやいや、イギリスはね、わが国の友邦だから、と当たり障りなく呟いた。

今のところは、とリーランドが念を押した。

そう、今のところは、と谷尾が小声で受け、沈黙が下りた。

そこへようやく黄海栄（ホアン・ハイロン）が現われた。谷尾もリーランドも、気まずい沈黙を破ってくれた黄（ホアン）の登場で救われたような気分になったので、彼の遅刻を責める気にはなれなかった。

どうもすみません、急ぎの仕事が入っちゃったもんで、と黄（ホアン）は悪びれたふうもなく言いながらテーブルについた。香港で生まれ育った黄（ホアン）は流暢なブリティッシュ・イングリッシュを話す。髪を短く刈り上げ、黒縁の眼鏡をかけた、端正な顔立ちの小柄な中国人で、プレスのよく利いた濃紺のスーツに白と青のレジメント縞のネクタイをきっちりと締めてい

る。

料理の注文はあんたに任せようと思って待っていたんだ、とリーランドが言った。

わかりました、と黄が答え、小姐を呼んで広東語で相談しはじめた。

食糧が底をつくというさっきの話だが、と谷尾はリーランドに言った。このところ毎日のようにスラムで餓死者が出ているのはおれも知ってるよ。しかし、われわれはこういうところで、恭しく給仕されて、けっこう美味いものを食っている。どうなんだろうね、こういうことは。あんたは疚しくなる、心が痛むということはないのか。

何も感じないねえ、とリーランド。金のあるやつがいて、ないやつがいる。人間に貧富の差があるのは自然の理だ。

自然の理というより、おれには何やらおとぎ話のような気がしてしょうがないんだ。ぎりぎりまで煮詰まってしまったようなこんなご時世に、おれたちはこんなふうにのどかに飲み食いして……。しかしこの皮蛋は美味いな。これは高級品だろう。アヒルの卵の白身のところに、松の枝みたいな紋様が入ってる。こういう皮蛋は町の食堂ではなかなか出てこないよ。このとろりとした食感、濃厚な味……。

その紋様というのはアミノ酸の結晶で、そういうのが付いたやつは松花蛋と呼ばれます、と黄がつまらなそうな表情で説明し、しかし――と言葉を継いだ。しかしねえ、谷尾さん、自分のことをおとぎ話の登場人物みたいに思うのはあなたの勝手ですけどね。戦争はおとぎ話じゃないですよ。それは殺戮、強姦、拷問、追放です。そして殺戮、強姦、拷問、追放は、空想上のお話じゃなくて現実です。そういうことをされる側の人間の身になって、ちょっと想像力を働かせてみたらどうですか。

そりゃあそうだ、と谷尾が小声で呟いたのは、正論は正論として認めざるをえないからだった。だがな、そりゃあそうなんだが、おれの感覚では、おとぎ話の登場人物ってのはおれ自身よりはむしろ、むしろこのホテルのボールルームで今夜もダンスパーティを楽しんでいるような連中なんだよ。一階のロビーにたむろしている連中、あんたも見たろ？あんたが来る前、リーランドが言っていたんだ、あいつら、ダンスパーティだの競馬だのラグビーだのにうつつを抜かしていやがる、呆れたもんだ、と。その呆れたもんだにはおれも同意見だが、しかしわれわれだってこうやってのんびり酒を飲んで料理を食っているわけで……。

そして、お喋りしている、とリーランドが言った。

そうだな。

お喋りしているだけだ。

お喋りし、かつ飲み、かつ食らい……。

いやいや、飲み食いは付け足し、余禄、口実にすぎない、とリーランドが執拗に言いつのった。主に、お喋りだ。いや、ひたすら、お喋りだ。ぺらぺら、ぺらぺら、「言葉、言葉、言葉」とハムレットは言ったが……。

　リーランドのその『ハムレット』からの引用がきっかけとなって、三人の間でまさにその「言葉」のやり取りが少しの間途切れたのは、奇妙なこととも、また自然なこととも言えた。それが自然でもあるのは、リーランドも黄(ホアン)も結局、もう何もかも面倒になってしまったなという倦み果てた思いを自分のうちで持て余しているに違いないからだった。黄(ホアン)の殺戮、強姦うんぬんという「言葉」にしても、日本軍が中国大陸で今現にやっていることを忘れてもらっては困る、それについておまえはどう思っているんだと、谷尾に詰問するような体裁をとってはいるが、もはや言葉にさほどの力も勢いも籠もっていない。

　リーランドも黄(ホアン)ももちろん日本の軍事行動に腹を立て、かつその先行きを不安に思っている。リーランドは他人事のようにやや間接的にそれを言い、黄(ホアン)はもっと直截にずけずけ言う。しかし、こんな席で谷尾相手に肩を怒らせ憤って糾弾しても始まらないという無力感もある。それは谷尾にもよくわかっていた。無力感だけではない、谷尾が感じているような、現実が手触り、手応えを失ってしまったという感覚さえ共有しているのかもしれなかった。

　だから、谷尾がおとなしく、そりゃあそうだ、とあっさり応じたのに対しても、そんなふうに逃げを打つのか、それでいいのか、などと黄(ホアン)が追い打ちをかけてくるわけでもなかった。お喋りをしているだけだ、とリーランドが自嘲気味に言ったのが、結局は三人それぞれが心のもっとも深いところで感じている徒労感の核心に近い言葉なのかもしれなかった。それは黄にもわかっているはずだった。殺戮、強姦、拷問、追放、と黄が吐き棄てるように列挙した強い言葉もお喋りの一部でしかなく、谷尾がそりゃあそうだと力なく呟いたのも同じだった。

　この三人の間で、たんなるお喋りを越えた、力と勢いを伴った言葉のやり取りが交わされてこなかったわけではない。そのクライマックスは半年ほど前のある晩、黄のアパートで持ち上がった激論だった。

　三人で待ち合わせパブで簡単な夕食をとった後、自分のアパートでもう少し飲んでいかないかと黄が心持ち恥ずかしそうな表情でおずおずと言い出したのだった。谷尾は、そしてたぶんリーランドも、黄のアパートを訪ねるのはそれが初めてのことだった。黄がグウィネスという名のイギリス人の女と一緒に住んでいることは谷尾もリーランドもすでに知っていた。一緒に住んでいると言っているだけで、妻だとは一度も言わなかったが、そのあたりのことを詮索しようという気は二人にはなからなかった。

　グウィネスは二十代の半ばかそれを少々過ぎたあたりという年恰好の、黄よりやや背の高い、すらりとした容姿の金髪女だった。黄の後に続いて谷尾とリーランドがアパートに入ってきたのに、一瞬たじろいだ表情を見せたが、それをすぐ笑顔に切り替え、短く切り揃えたその金髪を軽く揺らし、火の点いた紙巻き煙草を左手の指に挟んだまま、グッド・

イヴニング、とだけ言った。目尻の小皺と厚ぼったい唇にかすかな淫蕩の気を漂わせた、個性的な美貌が谷尾の目を惹きつけた。彼女と二人の客とを簡単に引き合わせた後、

グウィネスは絵を描いてるんです、と黄(ホアン)が得意そうに言った。とても素敵な絵……。ねえグウィネス、リーランドさんたちにいくつかお目にかけたらどうかな？

グウィネスは低い嗄れ声でノーと言い、どうぞごゆっくり、と呟くやすぐさま自室に引き取ってしまった。後ろ手にドアを閉めたグウィネスの後ろ姿に向かって黄(ホアン)が投げた視線に、かすかな不機嫌、ないし厭悪の影が揺らめいたのを谷尾は見逃さなかった。と同時に、笑顔は笑顔でも、広い額ときれいな青い瞳を持つグウィネスというあの女の笑みは、あでやかだが香りのない造花のように冷たいものだったな、と改めて反芻しないわけにはいかなかった。声が嗄れているのは煙草の吸いすぎから来るのではないか、とも思った。

その晩起きた出来事の遠因をなしたのは、ひょっとしたら黄(ホアン)のその不機嫌だったかもしれない。黄(ホアン)のアパートの食堂兼居間で、三人とも泥酔状態に近くなるほど酒を飲みつづけた挙げ句、上海や南京での日本軍の行動をめぐって黄(ホアン)と谷尾との間で口論が持ち上がり、それが激論となり、二人ともこめかみに青筋を立てて怒鳴り合うようなことになってしまったのだ。リーランドが間に入って取りなそうとしても収まりがつかず、とうとうどちらかがいつなんどき手を出しても不思議でないほど険悪な空気になった。しかし、酔いが深まって頭が働かなくなるにつれ、二人のうちのどちらも、言うことが同じことの繰り返し

になり、舌がもつれて音節の多い単語ははっきりと発音できなくなり、不味い食べものを吐き出すように言葉を口からぼそり、ぼそりと吐き棄てているような具合になっていった。しまいに黄(ホアン)がテーブルに顔を伏せてことんと眠りに落ちてしまったことで、論戦は不得要領のまま一応終結した。

そこまでいきり立ってしまった以上、もう絶交して二度と会わないという結末になることも十分ありえたが、何週間かしてリーランドが声をかけると二人とも少し気まずそうな表情を浮かべつつのこのこ出てきて、結局また三人で飯を食い酒を飲むことになった。

そんなふうに交遊が続いていったのは結局、谷尾も黄(ホアン)も、相手に対して人間としてどこか惹かれるものを感じていたからに違いなかった。そして、もし交遊を続けようというのなら、声を荒らげて怒鳴り合うといった不穏なことはせずに済むのに越したことはない。互いの胸ぐらを摑みかねないほどにまでとことんやり合うということが一度あると、同じことを繰り返すのは馬鹿々々しいと感じないほど愚かでは二人ともなかった。

繰り返さないためにはどうするか。対立の種になるような話題を避け、紳士的な社交に徹するというのが一つのやりかただろう。しかし、先ほども自分の口から言ったように、谷尾はジェントルマンではないし、たぶん黄(ホアン)もそうではない。相手の気を損じかねない政治の話題は避け、芸術や文学といった高尚な話題を礼儀正しく論じ、それに飽きればおちょぼ口になって天気の話をする。そういう偽善者づらをした紳士ぶりを嫌うという共通点をそれぞれ相手のうちに認めたからこそ、交遊が続いてゆくのかもしれなかった。だから、黄（ホアン）は依然として機会さえあれば中国人に対する日本軍の蛮行を遠慮会釈なく非難したし、谷尾のほうでもそれに対する応酬はためらわなかった。ただ、口論になっても二人ともさほど深入りせず、声を荒らげず、適当なところでさっと鉾を収める。すると、刺々した口論だったはずのものもだんだんと決まりきったルーティンのように進行するゲームに似た何かになってゆく。

そういうのを狎（な）れ合いというのだろうか。そうかもしれなかった。しかし、狎れ合いもまた友情というもののとりうる一形態なのではないかというのが谷尾の考えだった。あるいはそれに必須の一要素でさえあるかもしれない。とくに、それが満州事変、上海事変と続き、拡大を続けるいっぽうの日中の武力衝突に外交的解決のきざしがまったく見えないこの時代に、日本人と中国人との間に結ばれる友情であるような場合には。

大きな魚を一尾まるまる姿蒸しにして、そのうえに香菜を散らしたものが運ばれてきた。

煎鯧魚、バターフィッシュの蒸し煮です、と黄（ホアン）が言った。ああ、これは立派なバターフィッシュですねえ。この時節、英国海軍の海上の取り締まりがきびしくなって、漁師の仕事もいろんな制限を受けているらしく、こういう立派なのはなかなか市場に出回らなくなりました。日本語では何と言うのですか、バターフィッシュは。

さあ……マナガツオかな、と谷尾は自信なげに答えた。

そのバターフィッシュの白身の肉は繊細な味わいで実に旨かった。味付けには塩胡椒の他は葱とニンニクと生姜程度しか使っていないようで、箸でひと切れちぎって口に入れると、淡白な風味が口中に優しく広がる。

こういうのを食うと、わが大英帝国のフィッシュ・アンド・チップスなんてものがいかに野蛮な食いものかということがつくづくわかるね、とリーランドも器用に箸を使いながら自嘲的に言った。

いや、旨いじゃないですか、フィッシュ・アンド・チップス、ぼくは大好物でしたよ、黄(ホアン)が言った。黄(ホアン)は小さな貿易会社に勤めていて、まだ三十をいくつか出たばかりなのに副社長の肩書を持っているというやり手だが、二十代の半ば頃にイギリスに一年留学してロンドン大学で経営学を学んだことがある。リーランドもロンドンで暮らしたことがあり谷尾もロンドンの日本大使館に長く勤めていたので、この三人の会話ではしばしばロンドンが話題にのぼる。

いや、たしかにね、あれはあれで旨いもんだよ、と谷尾が言った。ただし、新聞紙にくるんで渡されたあれを熱々のうちに食えば、の話だがなあ。ヴィネガーを振りかけて、口のなかが火傷しそうなほど熱いのをはふはふ言いながら食う。あの酸っぱい味が懐かしい。しかしなあ、あれはいったん冷めてしまうともうどうしようもない。食いものではなくなる。

犬の餌にしかならない、とリーランド。

あれは古い油を使っているからなんじゃないか。揚げたてのタラのフライは、しかし本当に旨い。ヴィネガーをかけなくてもすでにけっこう酸っぱくて、一種の苦みもあるのは、衣にする小麦粉を溶くのに、水だけじゃなくビールを混ぜているからだというけれど……。

そうそう、店によってエールを入れたりラガーを入れたりスタウトを入れたり、いろいろ工夫しているらしいよ、そこにそれぞれ個性が出るんだな、とリーランドが言い、その口調に、さっきはあんなふうに馬鹿にした自国の食べものについてこんどはそこはかとないお国自慢のような響きが滲んだのを聞きつけて、谷尾はおかしくなった。

この煎鯧魚の姿蒸しにも紹興酒を使っているはずです、と黄（ホアン）が言った。魚料理というものは肉料理以上に、酒によって味が引き立つということがあるんでしょうかね。

そうだね、とリーランドが素直な口調になって言った。まあ英国流のタラやカレイのフライの場合、油で揚げてしまうからアルコール分なんかは完全に飛んでしまっているわけだがなあ。

言葉、言葉、言葉か、と谷尾は頭の片隅で考えていた。ともかく黙りこんでしまうよりは、何でもいいから何かを喋っていたほうがよい。おれたち三人は、まあ友人と言ってもいいだろうが、以心伝心で無言のうちに心が通じ合う関係というわけではない。国籍も違えば年齢差もある。しかも付き合いの歴史もそう深くない。

谷尾悠介の香港暮らしはそろそろ四年半近くになる。もともと彼は大学を出ると外務省に入省し、本省勤務に続いて、英語が堪能なのを見込まれて日本大使館の参事官としてロンドンに赴任した。そのポストをかなり長く務めていたが、あるとき不意に外交官のキャリアに見切りをつけ、ふらりと香港へ流れてきた。そして、この地に在住する邦人向けに刊行されている日本語新聞の編集長に収まったのだが、香港にやってきた後になってたまたまその職を見つけたのか、それともそういうポストのオファーがあったからロンドンの日本大使館の参事官をやめたのか、そのあたりのことを彼は誰にも詳しく語ろうとしなかった。四十代に入ったばかりの男盛りの谷尾のこの転身を誰もが訝ったが、その理由を訊かれると谷尾はのらりくらりと言を左右にして容易に本心を明かさなかった。イギリスの食いものの不味さにすっかりげんなりしてしまったんでねえ。その一方、ロンドンに沢山ある中華料理屋で広東料理の美味に目覚めて、これは一つ、口腹の快楽を求めて本場へ行かなくちゃあ、と思い立ち、それでこの香港へ……。そんなことを悪戯っぽく笑いつつ答えることもあり、そうすると相手は半信半疑の曖昧な笑みとともに、ははあ、なるほど、なるほど……と応じるほかはない。

新聞と言ってもほとんど広告収入だけで持っている、週一回しか発行されないタブロイド判八ページの薄っぺらなもので、時節のニュースや実用情報の他には毒にも薬にもならない漫文随筆のようなものしか載っておらず、そのほとんどすべてを谷尾が独りで執筆していた。新聞社の社主は何の取り柄があるとも知れない無口な好々爺の日本人で、社員と言えば谷尾の他には日本人と中国人が一人ずついるだけだ。

谷尾がブレント・リーランドと初めて会ったのは、二年ほど前、香港政庁がプレス関係者向けに開いた立食のティー・パーティでのことだった。ぽつねんと立っていた谷尾悠介に真っ直ぐ近寄ってきて、何の挨拶もなしにいきなり、エリート外交官の職を自分から放り出して、ロンドンから香港へ落っこちてきた阿呆っていうのは、あんたかい、と酒臭い息を吐きながら話しかけてきたのがリーランドだった。

エリートだったわけじゃない、落っこちてきたわけでもない、と谷尾は素っ気なく答えた。それから、阿呆でもないな、まあこれはおれの主観的意見だが。一つの短いセンテンスのなかに誤りが三つある。阿呆はいったいどっちかね、おれか、あんたか?

リーランドは頬をぶるぶる震わせ、肥った体を前後に揺すりながら大笑いして谷尾の背中を何度か叩き、それから自己紹介して手を差し出してきた。その大笑いで無礼が免罪されるとも思えなかったが、ともかく谷尾は仏頂面で握手して名刺を交換した。

その数日後のある日、正午少し前、谷尾が新聞社にいるとリーランドから電話がかかってきた。昼飯でも食わないかという誘いだった。二人はイギリスふうのパブで待ち合わせ、ペールエールのジョッキを傾けながらローストビーフ・サンドイッチを食べた。リーランドは、これが今日の最初の一杯だ、と嬉しそうに言いながら、唇をまず舌でぺろりと舐めて湿らせてからその唇にジョッキを近づけ、ペールエールをごくりとひと口飲んで、

ふう、美味いな……。おのれ、目に見えない酒の精霊よ、もし貴様にまだ名がないのなら、と呟いた。

……これからは貴様を悪魔と呼ぶぞ、と谷尾はその続きを暗誦してみせた。

ふん、ロンドンでは時間を有益に使っていたようだねえ、ミスター・タニオ、とリーランドは小馬鹿にしたような口調で言った。

実際、ロンドン駐在中、谷尾は芝居ばかり見ていた。他に大した趣味もない男だった。家族も係累もおらず天涯孤独の身なので自分のために使える余暇の時間はたっぷりとあった。場末の劇場でやっている、太腿を露出した女たちの踊りがあったりする俗なバーレスクもけっこう楽しんだが、芝居はやはりシェイクスピアにかぎると得心した。かすかな気持ちの揺らぎから嵐のような激情まで、虹のように輝く歓喜や至福からコールタールのようにどす黒く粘つく悲嘆や絶望まで、人間の感情が鳴らす全音域がそこからは聞こえてくる。シェイクスピアのなかにはおよそ人間に関わるいっさいがっさいがある。

「目に見えない酒の精霊よ」……何だったかな、あれは、と谷尾は首をかしげた。フォルスタッフのセリフだったたか。『ウィンザーの陽気な女房たち』……。

いや、『オセロ』だ、とリーランドが言った。イアーゴーの悪だくみにはまってしこたま酒を飲まされ、へべれけになってへまを仕出かしたキャシオーが、後悔しながらそう言うんだ。しかし、酒の精霊が悪魔だというのなら、おれは大喜びで悪魔と友だちになってやる。あんたはシェイクスピアが好きかね。

そこで、その日は二時間ほどシェイクスピアの話だけして別れた。そこから二人の付き合いが始まった。月に一度か二度、どちらかがどちらかに電話をかけ、昼飯を食べたり夕飯を食べたり、リーランドの住むロフトで酒を飲んだりする。谷尾は四十代半ば、リーランドはたぶん五十代後半で、歳はずいぶん離れていたが、二人の独身男が、一緒に過ごして時間を潰す好個な話し相手を互いのうちに見出したというわけだった。話題はとりとめのない世間話で、しかし日英の主権の角逐に触れそうな時局の話にはあまり深入りしない。また、個人的な事柄にも立ち入らない。リーランドはときたま酔余に、自分は名門のパブリック・スクールの卒業生だというようなことを遠回しに匂わせたが、冗談か法螺(ほら)かもしれなかった。どうやらリーランドは森羅万象に対してそこはかとない敵意、あるいは恨みを抱いているようで、それが谷尾には面白かった。それにリーランドから仕入れた街の噂のあれこれがけっこう新聞記事の種になってくれるのが有難かった。

数か月後にリーランドは谷尾との夕食の席に三十をいくつか出たばかりとおぼしい黄(ホアン)・海棠(ハイロン)という中国人を連れてきた。黄は谷尾とリーランドとの交遊の、遠慮と無遠慮とが錯綜した按配で混じり合った空気感にたちまち溶けこみ、以来、三人で会うという習慣が定着した。一緒に暮らしている女がいるという話は最初からしていたが、会食の席にその女を連れてきたことはないし、また女をアパートに残して一人で出てきて外食するのにも何の気兼ねも感じていないようだった。結局、あの激論の一夕が、黄が二人を自分のアパートへ誘った唯一の機会となった。

バターフィッシュの姿蒸しに続いて出てきたのは、鴨肉とアスパラガスときくらげを炒めて、それに何か複雑な味のこってりしたソースを絡めたものだった。谷尾はすでにビールから紹興酒に移っていた。うん、これも旨いな、鴨も旨い、紹興酒も旨い、食いものと飲みもの、自分の胃の腑にいれるものは少なくとも確固とした現実だ、といったことを谷尾は漠然と考えていた。ここしばらく忙しさに取り紛れてこんな旨いものを食っていなかったな。まだそんなに酔いが回ったわけでもないのに、谷尾の意識はしばらくの間どこかへ飛んで茫然としていたようだった。気がつくとリーランドが黄に、で、あんたの会社は近頃どうなんだ、儲かってるのかい、と尋ねていた。

儲かるも何も、と黄が答えている。うちはね、貿易会社です。貿易というのは、そもそもいったい何か。外国を相手にした商売、売り買いです。売り買いのためには商品という「物」を、ブツを、国境を越えて移動させなくちゃならない。ところがその移動が滞っているんだから、それで貿易稼業が立ち行くはずはないでしょう。日本海軍の艦隊があっちこっちうろうろしていて、海上交通がものすごく不自由になっている。そういうことは谷尾さんがよくご存じだと思うけど……。

よくご存じなものか、おれは何にも知らんよ、と谷尾は言った。

まあ、あなたにそんなことを言ってもしょうがないことはわかっているけれど……。

谷尾はしばらく黙っていて、それから、

うろうろか……まあね、日本はね、とぽつりと呟き、そこで言葉を途切れさせた。谷尾は目を紹興酒の入った自分のグラスに落としていたが、リーランドの体がかすかに緊張し、先ほどまで酔いに濁っていた瞳に鋭い光が戻って、ぎらりとした視線を自分に向けてきたのを感じた。

日本は、何だい？

うん、日本はね、ともかくこのままだと二進（にっち）も三進（さっち）も行かないわけだ。

そんなことはわかっている、とリーランドはつまらなそうに言った。

要するに、油だ、油の問題なんだ、と谷尾は言った。日本はインドネシアの石油が欲しい。満州やサハリンへ向けての北方進出はまあ措くとして、日本の南方進出の目的はつまるところそれだ。欧米諸国による経済封鎖でぎりぎりと縛り上げられてしまった日本としては、インドネシアの石油を手に入れるために乾坤一擲（けんこんいってき）の賭けに出ざるをえなくなりつつある。

出ないでくれ。

出ないで済めばそれに越したことはなかろうさ。しかし、経済封鎖の圧力で……。

日本が中国大陸から兵を引き揚げれば、その封鎖も解かれるだろう。

さあ、どうだかな、と谷尾は首をかしげた。欧米先進国は日本を目の敵にしているからなあ。一九世紀以来自分たちがやってきた植民地化の悪行に、一周遅れでトラックを走り出した東洋の黄色い猿が割り込もうとしているのが不愉快なんだろう。

　自虐的に言っているわけではなかった。日本人を猿として表象するのは欧米のジャーナリズムのステレオタイプである。偏見まみれの愚か者はどこの国にもいる。

豆苗の炒めものが、さらに続いてとろりと白濁したスープが運ばれてきた。リーランドはそのスープをひと匙すくって口に含むなり、

　これはまた濃厚な、何とも玄妙な味だねえ、と嘆声を上げた。

　これは老火例湯、本日のスープで、ムール貝の干物、冬瓜（とうがん）、アヒルなんかが入っているそうです、と黄（ホアン）が言った。うん、なかなか旨いですね。

　冬瓜というのは夏野菜じゃないのか。

　そうなんですが、ただ完全に熟した冬瓜は冷暗所で保管が利くんです。半年くらいは持ちます。このスープにはしかし、それ以外にも、干野菜やきのこや、漢方薬の材料になるようなものがいろいろ溶けこんでいるようですね。こういうのを飲んでいると長生きでき

ますよ。精もつきますし……。

ところで、グウィネスさんは元気かい、とリーランドが不意に言ったので、谷尾は内心ぎくりとしながら無表情を崩すまいと緊張し、しかしその緊張を悟られないように唇の端をわずかに上げて微笑らしきものを浮かべてみせた。とっさに目をスープ皿に落とし、動揺の色が浮かんだかもしれない自分の瞳を見られまいとした。スプーンを持つ指がかすかに震えたのが気づかれたのではないかと懼(おそ)れた。それを誤魔化すためにスープのなかをやや大袈裟にかき回してかちゃかちゃと音を立ててみせる。

うん、元気は元気……らしいのですけど、と黄(ホアン)はやや暗い声で言って口籠もった。

らしい……というのは？　とリーランドが追及する。

ずっと黙っていたけれど、実はね、ぼくらはもう一緒に暮らしていないんです。だんだんうまく行かなくなってしまって……。何しろ芸術家ですからね。なかなか難しいところのある女性なんです。それで、もうふた月くらい前になるのかな、出ていってしまって……。ただ、共通の知人から消息は聞いていて、それによると、イギリスに帰ることにしたらしいです。ほら、世情がきな臭いので、香港政庁が、イギリス人の婦女子を優先的に帰国させる引き揚げ船を運航させてるのはご存じでしょう。あれの最後のやつが近々出航するんで、それに……。

明後日だ、もう明後日、船が出る、と谷尾は心のなかで呟いたが、声に出しては何も言わなかった。

　ほう、それはそれは……とリーランドは曖昧に呟いたが、あまり立ち入ったことは訊くまいという自制が働いたらしく、それ以上は何も言わなかった。この男は、自分の女出入りに関してはけっこう大っぴらに、聞いているほうが眉を顰めるような赤裸々なことまで口にするのに、谷尾や黄（ホアン）のその手の事情はいっさい詮索しないという、モラルだか羞恥心だかを持っていて、そういうところも谷尾にとってこの男が付き合いやすい点の一つだった。そうした遠慮を示すのが「紳士」のたしなみだと思いこんでいるのかもしれない。もっともこの肥ったおっさん、女に関しては、玄人と素人、中国人と西洋人を問わず、機会さえあれば手当たりしだいに手を出しているようで、そういう振る舞いじたいはあまり「紳士的」とは言えまい。

　そのとき次の皿が来て、話がそちらに移り、黄（ホアン）とその恋人との仲の破綻について何も感想を言わずに済んだことに谷尾は安堵した。

　蟹のおこわです、と黄（ホアン）が得々と説明した。うえに気前よくのっている蟹肉もだけど、もち米の本体に蟹の旨味がたっぷり染みこんでいて、とても美味しいはずですよ。さあ、どうか召し上がってください。

　つい二時間ほども前、しどけなくシーツを下半身に巻きつけただけのグウィネスは、やはり素裸の谷尾の隣りに俯せに寝そべり、片手で顎を支え、もう一方の手に煙草を持ち、それを吹かしながら、あたし、明後日香港を発つの、と突然言ったのだ。それは、あなたとこうして会うのはこれが最後、という通告にほかならず、それが悲しいでも淋しいでもなく、ただもうすでに決まった事実を淡々と伝えているだけなのだった。さばさばしたものだった。そういう女だった。

グウィネスとの情事は黄にもリーランドにも決して悟られてはならなかった。それが始まったのがもし仮に彼女が黄との同棲を清算した後のことであったなら、あの女とそういう仲になってしまったと黄に率直に打ち明けても、まあ恐らく多少――ないしかなり――嫌な顔をされるかもしれないが、べつだん道義上の問題など生じまい。しかし、彼女が黄のアパートで暮らしつつ、かつ何のかのと口実を作って外出しては谷尾とホテルでこっそりと密会するといった時期が数か月続いたことについては、申し開きのしようはなかった。しかもその間、月に一度か二度ずつ、谷尾はリーランドを交えて黄ともレストランやバーで会い、素知らぬ顔で平然と酒を酌み交わしていたのだ。自分がそういうちゃっかりした芸当をやってのけられるほど器用で大胆な男だとは、これまで一度も思ったことがなかった。おれも相当あくどい男だよ、と谷尾は半ば自責し、半ば居直り、そして何よりもまずこの情事への自分の執着の深さに、我ながら呆れずにはいられなかった。

友だち付き合いを続けながら、その友だちの恋人、情人、同棲相手、まあ何でもいいがともかくそのガールフレンドを寝取って、こっそりと逢引きを続けること。ふつうに考えればそれは要するに、友情への裏切りであり、とうてい赦されることではないだろう。友だちの風上にも置けない、卑劣なやつということになるだろう。しかし、正直なところ、グウィネスとの関係が深まるにつれて谷尾の心のなかではそれと比例するように、黄（ホアン）への友情もまたよりいっそう深まっていった。そんなふうに感じずにはいられなかった。そういう感情が自然なものなのか倒錯的なものなのか、ときどき谷尾はじっくり考えてみようとして、しかしいつも複数の思念の錯綜する迷路に迷いこんでゆくようでわけがわからなくなる。

　グウィネスは性に奔放な女だった。谷尾も独身生活を続けながら四十代半ばになり、まあ人並み程度には異性体験を積んできたつもりでいたが、グウィネスと付き合うようになって、性の交わりからはこれほどの快楽が引き出されうるものか、おれは女に関しては赤ん坊みたいなものだったのだ、と卒然と気づいて唖然とせざるをえなかった。そして、妙な言いかたになるけれどそこから黄（ホアン）への同情が湧き、グウィネスとの交情が爛熟と精妙化の度を高めてゆくにつれてその同情のほうもますます深く、ますます濃やかなものとなっていった。これでは黄（ホアン）も、別れるに別れられないだろうなと一方で思い、しかし他方、別れたくてたまらないだろうなとも思う。その矛盾し合う二つの感情の葛藤は、そのまま谷尾自身のものでもあった。

　十いくつも年下の女にこんなふうに翻弄されるとは——情けない、面目ない、不甲斐ないと思い、しかし、男としての誇りが踏みにじられ、自分をつくづく情けないと思う、その劣位の感覚じたいが性の現場で妙に自虐的な快楽を増幅したりもするのだから、始末に負えなかった。そこから、こうして東洋はやはり西洋に服従するのか、輝くような金髪と冷たい青い瞳と獣くさい濃い体臭を持つ西洋人のクイーン——と言ってもその実体はややエキセントリックなだけの小娘にすぎず、そのこともよくよくわかってはいるのだが——にひれ伏すほかないのか、それが東洋人であることの自虐的な歓びなのか、などという、噴飯ものの、これはもう間違いなく倒錯の極みのような思念が閃いたりもする。どうにもこうにもやりきれない。黄（ホアン）がいったいどう感じているのか、聞いてみたくてたまらなくなることもあった。

グウィネスが家族とともにイギリスから香港に移住してきたのは彼女が高校生のときだったという。茶葉と香辛料の輸出入をなりわいとする彼女の父親が、この地で会社を設立したのに伴ってのことだった。そして数年後、その会社を部下に任せて運営していけるめどがつき、一家を挙げて帰国するということになったとき、グウィネス一人は自分は香港に残ると言い張り、誰も彼女の意志を翻させることができなかった。その後彼女はこの地の美術学校に通い、卒業し、絵を描きつづけ、小さな画廊ですでに何度か個展を開いているという。黄（ホアン）とグウィネスが知り合ったのは、彼女の父親と黄（ホアン）の勤める会社との間に仕事の縁が生まれたのがそもそものきっかけらしいが、谷尾は詳しいことは知らない。

グウィネスは自分のことをほとんど話さない女だった。たいていの場合、極度に無口で、しかしひとたび気が向くと、相手の反応などにお構いなく、ほとんど独白のようなお喋りを始めて止まらなくなってしまうこともある。そんなときには、怖いほど辛辣な人物批評をずけずけと繰り広げたりもする。繊細な感性と鋭利な知性を併せ持つ女だった。しかし、温かで明るい笑顔を見せる瞬間と意地の悪い目つきになって黙りこくってしまう瞬間とが予測のつかないリズムで交代する、たしかに黄(ホアン)の言う通り、「なかなか難しいところのある」女であることもまた否定のしようがなかった。

その女ともこれでついに、あと腐れなしに縁が切れるわけだ、と下を向いて蟹おこわを食べながら谷尾は改めて考えた。まあお互い、よかったじゃないか、と黄(ホアン)に言ってみたらどうだろう。酷薄な笑みがよく似合うあの面倒な女には、それにしてもあんたもおれもずいぶん振り回されたよな、本当に苦労したよなと言って、ねぎらいの気持ちを籠めて彼の肩を叩いてやる。それを友情の身振りとは受け取ってもらえないだろうか。もらえるわけがないか、おれもまあいい気なもんだ、と心のなかで呟いて谷尾は苦笑した。十中八九、激昂した黄(ホアン)に殴られるのが関の山だろう。しかし、このおこわは本当に旨いな……。

蟹おこわの後は、香りの高い凍頂烏龍茶が来た。

いやいや、腹いっぱい食ったな、とリーランドが言った。黄(ホアン)が実によい選択をしてくれた。

ここは基本的には何を食べても美味しいですよ、と黄が言った。

旨い料理を満喫し、今夜も楽しくお喋りした、とリーランドが言った。どうなんだ、これは谷尾が言うように、おとぎ話のなかの出来事だったのかね。

こんどはそのおとぎ話という言葉に過敏に反応して黄がいきり立つということもはやなかった。黄は黙ってお茶を啜っていた。

われわれはこんなふうにお喋りを続けて、何かを待っているのかね、いるんだろうねえ？　とリーランドが問いかけるように語尾を上げた。

待つというのも一つの行為なんだろうな。消極的ではなく、実はもっとも積極的かもしれない、一つの行為……。谷尾はそう漠然と言って口を濁し、では何を待っているのかねとリーランドがさらに問いを重ねるのを待ったが、リーランドは黙ったままだった。

ではそろそろ……と仕方なく谷尾は言った。

どうだ、どこかでもう少し飲んでゆくか、とリーランドが急に元気になったように調子っぱずれの胴間声を張り上げた。これからは貴様を悪魔と呼ぶぞ。その悪魔の誘いに乗って、さあどうだ……。

いや、おれはもう帰る、何だか疲れた、と谷尾は本当に体の芯から困憊しきったように感じながら言った。いやしかし、今夜は黄のおかげで実に旨いものが食えた。こんどは西洋料理の旨い店にでも行こうじゃないか。

それはいいな、とリーランドが言った。

では、勘定を頼みましょう、と黄（ホアン）が言い、小姐（シアオジエ）の視線を捉えて手を挙げた。

一九四一年十二月二十日土曜日

ペニンシュラ・ホテルの広々としたロビーラウンジにはほとんどひと気がなかった。テーブルを囲んでひそひそと密談している軍服姿の日本人将校がちらほら目につくだけで、ほんの二週間前までの賑わいようを思い返すと、その落差に茫然とせざるをえない。谷尾悠介は日本人の軍人たちからはできるだけ離れた、観葉植物の鉢の陰になって人目につかない片隅のテーブル席にぽつねんと座って、ぼんやり天井を見上げていた。このホテルのロビーラウンジがこんなに閑散としているのを見るのも初めてだが、こんなに暗いのも初めて見るな、と思った。電力を節約しようというのか、必要最小限の明かりしか灯っておらず、もともと天井の高い巨大空間だが、その天井に近いあたりは暗がりに沈みこんでいる。給仕するボーイの姿は見当たらない。

静かだった。日が落ちて砲声が収まって以降、路上にはほとんど人影がなくなり車の往来も絶えて、街はひっそりと静まりかえり、人々の活動を示す騒音はこのロビーまではいっさい伝わってこない。寒かった。暖房は一応入ってはいるようだが、とうてい十分とは言えず、たぶんこれも燃料を節約しようとしているのだろう。グレーの三つ揃いのスーツを着込み、黒地のうえに細かな赤の水玉模様を散らしたネクタイを締めた谷尾は、寒気が体にしんしんと染みとおってくるのを感じ、ぶるるっと一つ、身ぶるいをした。

壁に掛かった時計を見るともう午後七時二十分を回りかけている。谷尾は七時少し前から何度か玄関前まで出ていって、リーランドと黄の到着を待ち構えていた。歩哨に立っている日本兵にはイギリス人と中国人が来るから通してくれと一応言ってはあったが、頭の固い兵士との間に何か厄介事が持ち上がるかもしれず、その際にはすかさず仲裁に入るつもりだった。交通機関はほとんど動いていないので、迎えのタクシーを雇って二人の住居を順繰りに回らせ、一人ずつ拾ってここに送り届けてもらう手はずになっていたのだが、途中の交差点で日本兵の誰何に遭うとか、何か面倒なことが持ち上がって立ち往生でもしたのだろうか。街路の要所々々には日本兵が立って二十四時間の監視の任に就いているはずだった。タクシーの運転手には一応七時に到着するようにと言ってある。

日本軍は先週金曜、十二月十二日に九龍半島側の市街を制圧するや、ただちにペニンシュラ・ホテルを接収し、宿泊客を強制的に退去させ、とりあえずの作戦司令部をここに置いた。いっときこのホテルは日本軍の兵士で埋め尽くされたが、一昨日に香港島の攻略が開始されると、兵力の大部分がそちらに投入されたので、今日はこのロビーもこんなに閑散としているのだ。

また見にいってみるかと谷尾が椅子から立ち上がったちょうどそのとき、外の玄関前で何やら声高な押し問答が持ち上がった気配が伝わってきた。小走りにそちらへ向かい、ドアマンもいないので自分でガラス扉を押し開け外に出てみると案の定、車から降りたばかりらしい二人の周りを、銃剣を佩用した数人の兵士が取り囲み、何やら緊迫した空気が立ちこめている。

おお、谷尾、何とかしてくれ、とリーランドが言った。

どうしたんだ、と谷尾は責任者らしい上等兵に日本語で言った。

この連中、名前も住所も言おうとしないのであります、と上等兵は憤然として言った。いや、言ってはいるようだが、自分は英語も中国語もわかりませんから、ともかくこの紙に書け、と。ところがこいつらはいっこうに従おうとはせず――。

おれは自分の名前を記録に残したくないんだ、とリーランドは早口に言った。後々、どういうまずいことにならんともかぎらないだろう。何しろこういう、まったく先の見えない状況だ。おれはまだしも、黄（ホアン）のほうが立場はもっと弱い。このホテルの来訪者として記録されると、将来、何かことが起きたときにどんな口実に使われるやら――。

そこまで気を回すこともなかろうとは思ったが、ともかく谷尾は、

いいんだ、いいんだ、と上等兵に向かって日本語で言いながら、リーランドと黄（ホアン）の手をそれぞれ自分の両手で取ってぎゅっと握り締め、また精いっぱいの嬉しそうな作り笑いを浮かべて二人の肩を抱きかかえるようにしてみせた。これまでの交際では一度もしたことのない仕草である。

こいつらはおれの友人で、今後、軍の情宣活動を手伝ってもらうことになってる、と日本語で言葉を継いだ。今日は急ぎの打ち合わせがあってな。酒井中将の副官にも話は通してあるから。

しかし……と上等兵がためらうのを、いいから、いいから、と谷尾は強引に押し切って、リーランドと黄(ホアン)の背を押してホテルのなかへ入っていった。背後で上等兵がチッと舌打ちするのが聞こえた。

おい、谷尾……とリーランドが言いかけるのを目で制し、谷尾は二人をエレベーターホールのほうへ導いた。レセプションのカウンターには、おどおどした物腰の中国人のフロント係を左右から挟むように二人の兵士が立っていたが、谷尾がちょっと手を上げるとその一人が無表情のまま軽く頷いてすぐ目を逸らした。エレベーターのなかへ入って「4」のボタンを押す。英国式で言うフォース・フロアはつまりは五階である。

エレベーターを降りて廊下の突き当たりまで行き、海側の部屋のドアの鍵を開けて谷尾は二人をなかに通した。そこまで三人はずっと無言のままだった。なかに入るとすぐ、

へえ、こりゃまた、豪勢なもんだ、リーランドが言った。実際、それはこの高級ホテルのなかでもかなり上等な部類に属するスイート・ルームだった。入ってすぐの広いサロンには、紫檀の応接セットをはじめ小金持ちの中国人の家の居間を思わせる贅沢な調度が置かれている。横手の壁のドアは今は閉めてあるが、その向こうの寝室も、それぞれキング

サイズのツインベッドが置かれた豪華なものだった。サロンのなかは暖かかった。
コートを脱いで、どうかその辺に適当に座ってくれ、と応接セットを手で示しながら谷尾が言った。夕食はまだだろう？　食いものを何か持ってこさせるように厨房に言っておいた。酒はある。ウィスキーでいいかな？
黙ったままの二人が頷くか頷かないかのうちに、谷尾は奥の壁に沿って置かれた、これもまた紫檀製の低いチェストのところまで行った。まだ口を開けていないジョニー・ウォーカーの瓶が三本並んでいる、そのうちの一本の首を右手で摑み、左手の指にグラスを三つ挟んで戻ってきて、肘掛け椅子に腰を下ろすと、テーブルに置いた三つのグラスにウィスキーをどぼどぼと注ぎ、
まあ、ともかく……と言いながらその一つを率先して手に取った。しかしあとの二人はコートも脱がないまま、とにかくソファに並んで腰を下ろしたものの、手をグラスに伸ばそうとしない。谷尾は二人を目で促したが、それでも二人がじっとしたままなので、自分だけひと口飲んでグラスをテーブルに戻した。それと交代するようにリーランドが手を伸ばしてグラスを摑み、顔を伏せグラスのなかのウィスキーを見つめながら、
こういうのも妙なもんだ、と低い声で呟いた。なあ、どうする、三人で声を揃えて、乾杯（チアーズ）！　とでも叫ぶかね。それから肩を叩き合って、日本軍の大戦果を祝賀するか。冗談としてはそれも面白いかもしれん。しかし今は冗談を言う気にはなれないのでね。

それからひと口、ふた口、ぐいと呷（あお）った。黄（ホアン）もグラスを手に取って、少量を口に含んだ。

今日のこれは、いったい何なんだ、とリーランドが言った。迎えの車を遣るから出てこいといきなり言われて、まあともかく出てきたが、三人集まって何をしようというのか。あんたは今や、敵国民だ。ここ二週間でわが国の軍隊の兵士を多数殺傷し、わが国の領土を侵略し占領した敵国の、構成員の一人だ。

そうだな、そういうことだ、と谷尾は言った。

この前会ったのはいつだったか、ひと月半くらい前だったか、とリーランドが苦々しい表情を浮かべて低く言った。あのとき以来、何もかも変わってしまったな。なあ、一つだけ教えてくれ、あんた、十二月八日にことが起きると、あのときもう知っていたのか。このホテルの二階のレストランで、皮蛋（ピータン）やら蒸し魚やら蟹のおこわやらを食べたあの晩、これがいつ始まるか、あんたにはすでにわかってたのか。

いや、と谷尾は短く答えた。

本当か?

だって、おれは香港在住の新聞屋でしかない。開戦のスケジュールとか、そんな国家の最高機密を、何でおれが――。

新聞屋、ねえ……とリーランドが谷尾の言葉を遮って疑わしげに言った。

ん……？

あんた、新聞屋なのかい、本当に？　あのな、この豪勢なスイート・ルームはいったい何なんだ。ここでいったいあんた、何をやっている？

うん、まあ……と谷尾は呟いて、背筋を少しばかり伸ばし、そう、こういう状況だからな、と独りごとのように言った。まずは時候の挨拶、それからお互いの近況を尋ね合って、しばらく当たり障りのない話題で雑談して、それからだんだんと本題へ……なんていうような、社交会話の定型を踏むのも、まあ、馬鹿らしかろうな。そんな余裕は今はお互いなかろうな。では、いきなり本題に入ろう。ご存じの通り、九龍市街は日本軍が完全制圧し、戦闘は実質上もうとっくに終結して、香港政庁を含めてあらゆる公共施設は日本軍の管理下に入っている。公共施設ではないがこのペニンシュラ・ホテルも接収され、これから香港に布かれる軍政の拠点になることが決まっている。

何だか、谷尾さん、お上からの通達みたいな喋りかたをしますね、と黄（ホアン）が初めて口を利いた。口の端が皮肉な笑みに歪んでいる。谷尾はそれを無視して話しつづける。

香港政庁の職員の大部分は今、自宅軟禁の措置を受けている。一部の者は順番に呼び出され、政務や経済政策に関する尋問を受けることになっている。もう始まっているかもしれない。あんたもなあ、リーランド、もし香港政庁にまだ勤めていたらそういう扱いになっただろう。

そりゃあ、よかった、助かったねえ、幸運ってものがあるもんだ、とリーランドがこれもまた皮肉っぽく言い、テーブルのうえのジョニー・ウォーカーの瓶を自分で取って勝手に注ぎ足した。

　香港島では今戦闘が続いているが、と谷尾が話を続ける。まあおれの見るところ、イギリス軍はあと数日ほどしか持つまい。死者、負傷者がある一定数に達すれば、貴国の司令官も無益な抵抗をそれ以上に重ねる愚を悟り、早晩、全面降伏するだろう。そして最終的には香港島も含め、香港全体を日本軍が占領することになる。必ずそうなる。

　さあ、それはどうかな、とリーランドが言った。勇猛をもって鳴るロイヤル・スコット兵団がそう簡単には――。

　いやいや、甘い夢を見ても始まらないよ。客観的に見て、兵士の数と装備に明らかな差がある。香港は日本のものとなる。これはもう既定事実なんだ。朝になれば必ず太陽が東から昇る。それと同じ、物理法則の実現みたいなものだ。おれ個人としては、ヤング総督が面子を捨てて明日にも、いやもう今夜にでも、降伏を決断してくれればと願っている。早ければ早いほど両軍の被害が少なくて済む。ただまあ、本国からの指令とか突き上げとか、いろんな事情があるんだろうが……。

　谷尾が言葉を切ると沈黙が下りた。その重苦しい沈黙のなか、ドアのベルがちりんと鳴った。谷尾が立っていってドアを開けると、ワゴンサービスのボーイが立っていた。招じ入れ、運んできた食べものを応接セットのテーブルのうえに並べさせた。かなりのチップをはずんでやるとボーイは嬉しそうに顔を赤らめ、礼を言って立ち去った。元の椅子に戻りながら谷尾は、

あんなに嬉しそうな顔をしてたがな、と言った。気の毒だが、日本軍の軍政が始まると香港ドルは早晩使えなくなる。軍の発行する軍票が基本流通通貨になるだろう。香港ドルはぜんぶ軍票に交換せよというお触れが出て、しかもそのレートはかなり悪いものとなるはずだ。あんたらも今のうちに、金は「物」に換えておいたほうがいいぞ。とくに保存の利く食料品は今のうちに買っておいたほうがいい。ほどなくいろんなものが手に入りにくくなる、あるいはまったく手に入らなくなるかもしれない。とくに米、缶詰……。

そんなことはみんなわかってるから、もうあっちこっちで大騒ぎが始まってますよ、と黄(ホアン)が言った。米屋の店頭からはすでに米が払底している。売り惜しみもあるんでしょうが、そもそも店の在庫じたい、すでに底をつきかけていたらしい。ここ数か月、香港政庁がこういう緊急事態に備えて、米を大量に買い占めてあっちこっちの倉庫やら体育館やらに秘匿してきたという話です。しかしそれもたちどころに日本軍が発見して、ことごとく徴発してしまうでしょうね。

さあ、食おうじゃないか、と谷尾が言った。今日はぜんぶおれの奢りだ。

はっ、とリーランドは侮蔑的に息を吐き、何と太っ腹なことで、とそっぽを向いたまま

言った。

ボーイが運んできたのは、トーストした薄いパン三枚の間にベーコン、ターキー、薄焼き卵、レタス、トマトなどを挟んで三段重ねにしたクラブハウス・サンドイッチが山ほど、それから鶏のから揚げ、ハムやソーセージの盛り合わせ、温めたスコーン、幾種類かのジャムとバター、じゃがいもの冷製ヴィシソワーズ、果物、チーズ、パン、赤白のワイン一本ずつ、等々で、さらにいくつもの木製の円形せいろから湯気の立っているのはしゅうまい、餃子(ジアオズ)などの点心のたぐいか。

何だか、ハイティーと飲茶(ヤムチャ)が混ざったような変なメニューだが、と谷尾は言った。何でもいいから腹に溜まるものを持ってこい、と言ったらこういうことになった。まあどうぞ、ご自由に——。

いやその前に、と黄(ホアン)が言葉を割りこませた。今夜のこの集まりの理由、というか趣旨を教えてもらいたいものですね。

そうだな、と呟いて谷尾は一瞬、口籠もったが、腹を決めて、では言おう、と言った。しかし、食いながら聞いてくれ、頼むから。

リーランドがソファから立ち上がって、ようやくコートを脱ぎ、座り直し、サンドイッチに手を伸ばした。黄(ホアン)もそれに倣った。リーランドのコートの下からはいつもの着古した深緑色のツイードのジャケットが現われた。黄(ホアン)はグレーのトックリセーターのうえに黒っぽいジャケット、下はデニム生地のジーンズというラフな格好で、スーツにネクタイという身なりでない黄を見るのは谷尾には恐らくこれが初めてだった。

繰り返すが、もうあと数日もすれば香港は日本の統治下に置かれる、と谷尾は言った。しかし、その統治の実態がどういうものになるかはおれには今のところ、さっぱりわからん。ただ一つ言えるのは、あんたらの生活が非常に困難なものになるだろうということだ。黄の会社はもう倒産を免れんだろう。リーランド、あんたは最終的には収容所送りになるだろう。よくわからんが、収容所暮らしは相当厳しいものになると思う。恥を言うようだが、わが国の軍隊が戦争捕虜を人道的に扱うとは、実はおれには信じられない。たぶん悲惨なことがいろいろと……。言っちゃあ悪いが、あんたはもうけっこうな歳だし……。

可哀そうな、年取った、善良なミスター・リーランド、と口いっぱいにサンドイッチを頬張ったリーランドが俯いたまま、聞き取りにくい声でもぐもぐと言った。

収容所生活がいつまで続くかは戦況しだい、貴国とわが国との交渉しだいだろうな。本国送還が実現するかどうかもな。それで、あんたら二人にオファーしたいことがある。たぶん日本語がわからなかったと思うが、さっき玄関前にいた日本兵におれは、この連中には軍の情宣活動を手伝ってもらうことになっていると言った。それはまんざら嘘、出鱈目じゃなくて、できたらお二人に今後、そういう仕事に協力してもらえまいか、とおれは……。

へっ！　何ですか、それは、と黄（ホアン）が吐き棄てるように言った。ぼくらの町を砲撃と銃撃戦で滅茶苦茶にした日本軍の、使いっぱしりになれという話ですか。そういうことをよくもまあ、ぬけぬけと言えますね。

うん……そうか、と谷尾は言った。そう言うだろうとは思っていた。リーランド、あんたはどうだ？

敵国に寝返れ、と……。そりゃあもちろん、無理だよ、とリーランドは平静な口調で言った。わかりきってるだろ？　おれは正直なところ、イギリスもイギリス人もそう好きではない。もともとおれの先祖の根っこはウェールズで、イングランド人の傲慢は何と言うか、生理的に受けつけないし……。しかしだな、しかしとにもかくにも、おれは大英帝国の臣民の一人ではある。今や貴国は敵国であり、あんたは敵国民の一人だ。これは簡明、単純な事実で、縦から見ても横から見ても、否定のしようがない。

こういうことなんだ、と谷尾は言った。祖国を裏切って日本の、日本軍の手先になってくれ、という話じゃあない。スパイとしてリクルートしようとしてるわけでもない。ともかく今後、われわれはこの複雑きわまる大都市の政治、経済、文化を運営していかなくちゃならない。その運営の主体がイギリスから日本に変わるとしても、行政の仕事の実質は基本的には同じだ。たんに、その仕事に労力を提供してもらい、われわれはその対価を支払う、と。日本もイギリスも中国もない、たんなる仕事、実務だ……。

われわれは、と今言ったな、とリーランドが言った。さっき「ただの新聞屋」と言ったがな、あんたはいったい何なんだ？　今日、呼ばれて来てみたら、こんなふうにペニンシュラの高級スイートを好き勝手に使っているし、それにさっきからずっと聞いていれば、何だか日本の軍だか政府だかの代表者みたいな物言いだ。あんた、何者なんだい。軍の関係者なのか。

いや、おれはただの新聞屋で……。

新聞屋か。さっきもそう言ってたな。そうか、それなら言うが、あんたについて、おれはある噂を聞いたことがあるぜ。

噂……？　と、谷尾は首をかしげてみせたが、ついに来たかという思いも内心あった。あんたが香港に来たのはたしか四十一歳のときだったよな。四十少しと言えば外交官として脂が乗りきった年齢だ。そういうロンドン勤務の大使館付き参事官が、出世コースをほっぽり出していきなり辞職し、香港くんだりまでやって来て、何になったかと思えば、毒にも薬にもならないような小ネタしか載らないつまらん小新聞の編集長に収まった、と。これは誰がどう見てもふつうじゃない。

へえ、そうかな……。

ああそうとも、絶対にふつうじゃないぜ。そこで、疑惑が起こる。ユースケ・タニオには裏の顔があるのではないか……。いや、裏どころか実はそっちのほうが本業で、それを隠蔽するために新聞の編集長なんぞと称しているのではないか……。

　谷尾は黙っていた。

　ユースケ・タニオは日本の内務省だか陸軍参謀本部だかが送りこんできた工作員で、香港に潜入し、香港攻略作戦の下準備のために暗躍しているのではないか、たとえば中国人の不満分子を組織し反英暴動を画策するのがその使命ではないか——と、そんな噂があった。さあ、これは事実なのか、そうではないのか、どうなんだ？

　谷尾はウィスキーをひと口含み、十秒ほど黙っていた。それからそれをごくりと飲み、ひりひりするようなかたまりが食道を通って胃の腑まで降りていき、するとこんどはその胃の腑を中心に快い熱が四肢のはしばしにまで広がってゆくのを感じながら、口を開いた。

　これから言うのは本当のことだ。どうか信じてくれ。男が自分の友人に言うことだ。そう、あんたらはおれの友人だ。あんたらはどうか知らんが、おれはそう思っている。そして、友人には嘘は言わん。ロンドンにいた頃、英語が堪能なのを見込まれたのか、あんたが今言ったような話がおれに持ち込まれたのは、そう、事実だ。ただし、潜入先として指定されたのは香港ではなく上海だがな。それを断って、断りついでにおれは職を辞した。工作、画策、暗躍なんてことはおれの性には合わん。もちろんそんなことは引き受けられない。しかも、そういうオファーを受けたことがきっかけになって、日本政府を代表して外国相手に折衝するという外交官のキャリアじたいが、何だか急に嫌で嫌でたまらなくなってしまったんだ。正直に言えば、もともと満州事変に始まる日本の対外進出に強い疑念を抱いていたということもある。弱肉強食の植民地獲得競争なんていう野蛮な所業は、一九世紀の暗黒時代ならともかく、この現代世界ではもう過去の遺物となっているはずじゃないか。なっていて当然じゃないか。かつての欧州での大戦争……あの人類史上最悪の悲惨を経て、国際連盟も生まれたのだし……。

あの第一次の――そう、今やあれが第一次と言われるようになったわけだが――世界大戦には、実はおれも従軍したんだよ、とリーランドがぽそりと言った。イギリス海外派遣軍に参加して、ジョン・フレンチ元帥閣下の指揮下、マルヌ会戦で戦った。いやはや、ひどいものだった……。

その話はリーランドはこれまで二人の前で一度もしたことがなかった。

あの戦争からわが国は何の教訓も得なかったのだな、と谷尾は話を続けた。連合国側に立って参戦したにもかかわらず、実質上の戦火を経験しなかったのがかえって災いしたのかもしれない。国際関係というものを甘く見て、夜郎自大、唯我独尊の途を突き進んでしまったのかもしれない。満州事変以後、軍が暴走し、また世間の空気じたいも何か異様な過熱ぶりを示すようになった。そのただなかにいる人間は異様とも病的とも感じなかったのかもしれないが、それを地球の反対側のロンドンから見ていたおれには、狂気の沙汰としか思えなかった。もちろんおれは天皇陛下を敬愛している。日本人として、長い伝統を持つわが国の皇室に誇りを抱いてもいる。が、しかし、陛下のために死ねるかとか、死ねとか、神州不滅、八紘一宇とか、そういう極端な神がかりには付き合いかねるよ。おれは、胡乱(うろん)な大義を掲げた侵略戦争には加担したくなかった。

あんたと一度、激しい口論をしたことがあるが、と黄(ホアン)が言った。あのときの話ぶりでは、その大義をあんたは胡乱とは思っていないようだったがな。日本の主導による大東亜の統一と共栄とか何とか、真面目な顔で主張していたじゃないか。

それはまあ、立場上、仕方がない、と谷尾は急に小声になって気弱に弁解した。おれもむろん愛国者の端くれだからな。外国人に向かい合ったときには何が何でも日本を弁護する。弁護しようのないことでもともかく弁護する。それにな、大東亜の共栄うんぬん、かんぬんにしても、おれはそれを必ずしも一から十まで完全な世迷い言と思っているわけではないよ。ただ、大義名分とことの実相との間の乖離、美辞麗句となりふりかまわぬ本音との間の懸隔が、あまりにひどくなりすぎれば、やはり意気阻喪せざるをえない。ともかくそれで、何やかや面倒になって、おれはぜんぶ投げ出して国家公務員を辞めた。もう国策には加担したくなかった。香港へ流れてきたのは、神がかりの国粋主義が支配する故国へ真っ直ぐには帰りたくなかったからだ。天涯孤独の身とはいえ、もちろんおれにだって故郷に懐かしい人たち、再会したい人たちがいないわけではないさ。ただ、この香港でもう少し時間を稼ぐうちに、状況が多少変わるということもあるだろうと思ったんだ。ところが結局、それは悪い方向にしか変わらなかった。しかもその変化は加速度的だった。いやはや、四年前には、まさか対英米宣戦布告といったところまで行き着くとは想像もつかなかった。だって、いくらドイツと組もうが何しようが、対英米の戦争に日本が勝てるといったい誰が思う。狂気の沙汰はとどまることを知らなかった。それでおれも身の置きどころがないような気持ちになった。要するにおれもな、一種の避難民みたいなものだったのさ。中国各地から追い立てられ、安全なアジールのはずの香港へ逃げこんできた中国人と似たり寄ったりの……。

またそれだ、あんたのいい気な言い草だ、と黄(ホアン)が鋭い調子で口を挟んだ。あんたの国の軍隊に追い立てられて必死になって香港に落ち延びてきた中国人と、趣味的な気まぐれで、中途半端な遊び半分の気持ちで香港に流れてきた自分を同一視するのは、止めてもらいたいな。

趣味、気まぐれ、遊び半分というものでもなかったんだが……まあ、何でもいいさ。ともかく、情勢は悪化しつづけて、ついに多くの人々同様におれも、対英米の戦争勃発は不可避と認識せざるをえなくなった。この七月にアメリカとイギリスが相次いで、在米・在英の日本資産を凍結した、あのあたりの時点で、そう腹を括らざるをえなくなった。前回会ったとき、ちょっとそんな話をしたよな。狂気の沙汰が自動運動のように膨張を続けた挙げ句に——とも言えるが、とはいえしかし、日本の立場からすれば、まあこれは愛国者の一人としての弁護になるが、それなりの理の必然と言えなくもない。これほど徹底的な経済制裁を受けるなか、何とか生き延びてゆくために……。

あんた、それじゃあ、何ですぐ日本へ帰らなかったんだ、とリーランドが尋ねた。

なぜかな……。まあ、意地みたいなものかもしれない。

谷尾はそうひとことぽそりと言い、それで済ませてしまったが——そしてそれは真実には違いなかったが、しかし真実のすべてではなかった。谷尾が香港にとどまったもう一つの理由、いやむしろ主な理由、それはやはりグウィネスだった。あのほっそりした体の、白い肌、充実した肉、それがおれの手を押し返してくる微弱な力、そのやわやわとした手応え……。しかしそのことは今ここで言うわけにはいかない。

そうこうしているうちに——と谷尾は話の先を急いだ。ある筋がおれに接触してきた。遅かれ早かれ香港は陥落するが、そのあかつきには日本総督府の一員として、香港統治に尽力してくれないか、と。

ははあ……で、あんたはそれを引き受けた。再度心変わりして、国策に協力することにしたわけだ。

ま、そうだ……そういうことだ。何を言おうと、言い訳、弁解みたいに聞こえるだろうが……。

その弁解を聞こう、とリーランドが言った。

さっきおれは、香港は日本軍の攻撃を持ちこたえきれず、あと数日で陥落する、必ずそうなる、それは既定事実みたいなものだ、と言った。しかし、必ずそうなるとおれが思っていることが、それ以外に実はもう一つある。それは、来年のことか再来年のことか、あるいは数年後のことか、わからんが、この対英米の戦争に最終的に日本はきっと敗けるに違いないということだ。兵力の多寡、戦闘機や軍艦の数、石炭や石油の備蓄量、そんな基本的な統計数字を見れば、中学生にだってわかることさ。

リーランドと黄(ホアン)の口から同時に小さなため息が洩れた。谷尾は語りつづけた。

敗戦が決定的なものとなる前に、どの国の面子も潰すことなく、何とかできるだけ有利な条件で手を打って休戦に持ってゆく。日本はそれをすべきだと思う。そういうことを構想し、かつその構想を実行に移せるような、将来への見通しと大局観と交渉能力を兼備した知恵者が、日本の政治家のなかにいるのかどうか。いると信じたい。が、どうだかわからん。おれができるのは何か、とおれは考えた。とにかくおれは香港にいて、今後、香港は最悪の時期を迎えることになるだろう。それがそう長くは続かないだろうということは、今言った通りだ。しかし、少なくとも一年か二年、さもなければ数年にわたって、ともかくその時期は続く。おれはその間に起こる不幸を、悲惨を、最小限に食い止めるために尽力したいと思った。

尽力、ねえ……と黄が疑わしげに呟いた。しかし結局、それはね、日本の国策を支えるための尽力でしょう。こないだあなたは言ったじゃないか、日本の南方進出はインドネシアの石油を確保するためだ、と。そういう国策の——。

そう……そういうことにもなるな。何度も言うが、おれは愛国者であり、そのことじたいは決して否定しない。ただ、現在進行中の日本の南方進出作戦は、遅かれ早かれ破綻する。頓挫する。おれはそう確信している。そもそもその作戦のためにこの香港の占拠が本当に必要だったのか、政治的、軍事的拠点としての香港の意味がどれほどのものだったのか、おれは怪しいものだと思ってるよ。しかし、今さらそんなことを言っても始まらない。ともかく日本軍は香港を占領してしまった。そして、その占領統治はいずれは破綻する。とすれば問題は、破綻までの間をどう持ちこたえるか、だ。破綻へのカウントダウンが始まるのを待つ間、おれに何が出来るか。今後ここで不幸や悲惨を経験するのは、まず中国人、それからイギリス人、アメリカ人だろう。その不幸と悲惨を可能なかぎり軽減することに、おれは尽力したい。人道主義的なきれいごとを言ってるように聞こえるかもしらん。だが実のところ、そればかりでもないんだ。もしおれの予想通り、この戦争が最終的にわが国の敗北で終わるとするなら、中国人やイギリス人が戦争中さして悲惨な思いをせずに済んだということは、めぐりめぐって、日本にとっての利益にもなるはずだろう。

いずれ将来、敗戦国となる日本にとって、敗戦国民となる日本人にとっての、それは何らかの実質的な利益をもたらすだろう……。

沈黙が下りた。谷尾はさらに話しつづけようとして言葉を探し、しかしそれは見つからず、急にどっと疲労が込み上げてくるのを感じ、肘掛け椅子の背に体を沈みこませて目を瞑った。リーランドが大きなため息をついて、
あーあ、疲れた、疲れた、と谷尾の気持ちを代弁するように言った。ご大層な大演説を、つい身を入れて聞いちまって、すっかり肩が凝った。しかし、谷尾、あんたはほんとに英語が達者だよ。そのくらい説得力のあるスピーチをまくし立てられるんなら、工作員だろうがスパイだろうが何だろうが、十分務まるよ。

その言葉が悪意の籠もった皮肉なのか他愛のない軽い冗談なのか見極めようとして、谷尾は目を開いた。しかしリーランドのにやにや笑いからは、そのどちらとも判別しがたかった。黄(ホアン)はうなだれて、黙ってグラスのなかを見つめているだけだった。

あんたって男はどうも何かのクワセ者なんじゃないか——おれはずっとそう思っていたもんさ、とリーランドは言葉を継いだ。シェイクスピア劇のセリフを英語ですらすら暗誦する日本人なんてものはなあ、とうてい信用がならない、と。しかし、どういう種類のクワセ者なのかはずっとわからないままだった。あんたはお喋りなほうじゃないし、自分自身に関してはとくにそうだ。あんたが何かを喋り出そうとして、しかし突然自制が働き、

口と心にさっとシャッターを下ろしてしまうといった場面が、あんたとの付き合いのなかでこれまで何度もあったような気がする。さっき言った、あんたの「裏の顔」についての噂だがな、そういうことをおれに話してくれたやつは、こうも言っていたっけなあ——ユースケ・タニオは友だちってものがいない男だ、ともかく彼には同国人の友だちがまったくいない、日本人のコミュニティとはほとんど付き合いがないらしい、これは実に奇妙だ、きっと何か裏があるぞ、と。

いやあ、そんなこともないけどな……と、谷尾は思わず苦笑いして頭を掻いた。

あんた自身はどう思っているかしらんが、傍にはそう見えているってことさ。そういう噂をおれに話してくれたやつは、そうははっきりとは言わなかったが、それほどに謎めいたタニオ某とおまえはどうやら友だち付き合いをしている、それはいったいどういうことなんだと、そんな疑惑を抱いていたようだ。何かそういう、疑わしげな顔をしていたよ。このブレント・リーランドにもひょっとしたら「裏の顔」があるんじゃないか、とか何とか……。

いろいろなことを考えるもんだね、世間ってものは。

そういうことだな。

リーランドは立ち上がって窓に近寄り、閉めきってあったカーテンを半分ほど開けて窓の外に視線を投げた。そこからはすぐ正面に香港島やマカオと九龍半島を結ぶフェリーの発着するハーバーが見渡せて、ふだんなら対岸の香港島のビル群の窓々に灯がともり、壮麗な夜景を嘆賞できるはずだったが、日本軍の侵攻が激しくなって以来その灯のほとんどは消え、今や重苦しい暗闇のなかに建物の屋根や丘の稜線の黒々としたシルエットが浮かび上がっているばかりだ。

よくわからんが、谷尾、あんたは結局、クワセ者じゃなくて、ただの変人なのかもしれないな、と背中を向けたままリーランドが言った。

変人、けっこう、と谷尾が答えた。そもそもリーランド、あんたも含めてイギリス人ってものは変人ばかりだろう。変人じゃないイギリス人なんて、いるのかね。

リーランドの顔は見えないが、くっくっくっと声を出さずに笑っているようだった。

お二人、変人同士で気が合うようなのは、けっこうですがね、とそのとき黄（ホアン）が顔を上げて静かに言った。しかしぼくはね、変人でもクワセ者でもない、きわめてまっとうなビジネスマンです。この香港で生まれ育った、ごくふつうの中国人です。前世紀の半ば以来、もう百年にもわたってイギリスに統治されてきた香港は、こんどはいきなりそれに代わって日本に統治されることになりそうだという。その香港を故郷とする香港人の立場から言わせてもらえば、要するに、クワセ者も変人も糞食らえ！　ということ。ぼくはもうそれ以外、何も言うことがないな。

しかしなあ、黄（ホアン）……とリーランドがなだめるように言いかけたのを遮って、黄（ホアン）は、日本人とイギリス人が近代兵器を使って盛大な殺し合いをするというのなら、勝手にやればいい、と吐き棄てるように言った。どっちの軍からも出来るだけ沢山、死人が出るといいよ。その挙げ句、日本もイギリスも疲弊し幻滅し、自分たちの愚を悟り、こんなことならもう香港から退散しようと、そういう気になってくれないものですかね。われわれにとってはそれがいちばんなんだから。「悲惨と不幸を軽減する」とかいうさっきの話ですがね。どうも谷尾さん、あんたは相変わらずおとぎ話のなかで生きているとしかぼくには思えないな。軽減するも何も、あんたの国の軍隊がジン・ドリンカーズ・ラインを越えて攻めこんできさえしなければ、悲惨も不幸も最初からないんだよ。何を偉そうなことを言ってるんだ。

谷尾は口を引き結び、黄（ホアン）から目を逸らした。

さっきあんたのよこしたタクシーでここに来る途中、ぼくは見ましたよ——道端に放置され、累々と重なり合った沢山の死骸、切断されて垂れ下がった電線、崩れた家々、あっちこっちに残る砲弾の跡。そういう悲惨を今さらどうやって軽減するんですかね。死という究極の悲惨に、軽減のしようがあるんですかね。あんたが死人を生き返らせることができるというなら話は別だけど……。

最初は静かに喋り出した黄（ホアン）だが、語るにつれてうちに抑えた感情が否応なく言葉に滲み出し、そう張り上げたわけではない声が、最後のほうではびりびりと震えていた。

うなだれて自分のウィスキーのグラスに目を落とすのはこんどは谷尾のほうだった。戦争はおとぎ話じゃない、殺戮、強姦、拷問、追放だ、とこいつから言われたのだったな、と谷尾は思い出していた。そういうことをされる側の人間の身になって、ちょっと想像力を働かせてみたらどうですか……。

窓のカーテンをぜんぶ開けてしまってからソファに戻って腰を下ろしたリーランドが、起きたことは起きたことだ、とぽそりと呟いた。取り返しのつかないことはある。だが、取り返しのつくこともある。それに、重要なのは過去よりも現在、現在よりも未来だ。未来については、やれることもあるだろうな。手をこまねいて何もやらないよりはやったほうがいい、少なくともやろうと試みたほうがいい、そういうことはあるだろうな。その点では谷尾は正しいとおれは思う。……なあ、せっかくいろいろ食いものがあるんだから、ともかくまあ食おうじゃないか。そのしゅうまいなんか、もう湯気も立っていない。冷めきって不味くなってしまう前に食っちまったほうがいい。

谷尾は、黄(ホアン)が席を蹴立てて立ち上がり、帰ってしまうかと思ったが、黄(ホアン)は席を蹴立てる気力もないという体でソファの背にぐったりと体を預け、グラスからウィスキーを啜っていた。言いたかったことをひと通り言って、急に虚脱感に襲われたというふうにも見えた。それはある意味で谷尾も同じだった。

結局その後、三人は言葉少なに酒を飲みつづけることになった。酒盛りという気分は誰にもなく、たんに三人が一つところに顔を突き合わせて黙々と飲むというだけのことだった。それでも、ぽつりぽつりと語られた言葉はあった。リーランドは、ベルギーを突破したドイツ軍を、フランス・イギリス連合軍がマルヌ河畔で食い止めた、一九一四年のマルヌ会戦での自分の従軍体験について、ぽつりぽつりと語った。支給された銃をぶっ放しはしたが、結局おれは一人も殺さなかった。負傷もさせなかったと思う。ただ、いろいろひどいものを見た……。海外派遣軍を退役して国に帰ってから、おれは神経が少しおかしくなってしまってな。まったく眠れなくなって、会社勤めもままならず、えらく往生した……。

谷尾は何となく、ロンドンの芝居小屋で見た『ヘンリー四世』の話をした。シェイクスピアの戯曲のなかでも、なぜかその晩は『ヘンリー四世』のことが思い出されてならなかった。放蕩息子のハル王子が心を入れ替えて父王と和解し、即位して新国王ヘンリー五世となる。と、かつては遊び仲間だったフォルスタッフをばっさり切り捨て、この老いぼれはいったい誰だととぼけたうえで、冷酷に追放してしまう。あれは本当に心が痛む……。

黄（ホアン）は、近所に最近開店したばかりのロシア料理店が、食材の調達が不可能になって休業せざるをえなくなったという話をした。上海経由で香港へやって来た、とても人柄のよい白系ロシア人の老夫婦でねえ。苦労に苦労を重ねてようやく開店に漕ぎつけた小さな店なんだ。ボルシチもピロシキもすごく美味しかったのに……。今朝そこを通りかかったら、すっかり気落ちしてしまった爺さんと婆さんが、閉めてしまった店の前にまるで幽霊みたいにぼんやり立っていて……。

この三人の酒盛りはもともと平時から酔っぱらって大はしゃぎするといったものではなく、誰かが思い出したようにぽつりと言葉を発し、するとこんどは誰かがそれに答えるような、答えにもなっていないような思い出話をとりとめなく語り出すといった成り行きが通例だったから、結局はその晩もいつもと代わり映えのしないような晩になった。ワインを飲み尽くし、二本目のジョニー・ウォーカーも三分の一ほどに減ったあたりで、言葉が長く途切れるようになり、そろそろお開きかという空気が流れはじめた。そこで谷尾は最初の話をもう一度だけ持ち出してみた。

日本総督府か、軍政庁か、どういう呼び名になるのか知らん。またその組織で、おれがどういう仕事を割り当てられるのかもまだよくわかっていない。まあ報道の統制とか、歌舞演劇映画など文化事業、娯楽事業の管理とか……。しかし、あんたらがともかくおれの助手として「徴用」され、翻訳か通訳か資料収集か、何でもいいが何かの仕事をしてもらっているという体裁にしておけばよかろうと思ったわけだ。そうすればこの先、そうそうひどい目には遭わずに済むだろうし、雀の涙ほどかもしれんが給料も出るだろう。リーランド、あんたが収容所送りになることもない。いやまったくの形式だけでもいい、雇用されているというかたちにしておくだけでいい。実質上は仕事なんかしないでも構わんし……。

しかし、リーランドは首を振った。

まあ、止めておこう。あんたの気持ちは一応、わかった。このオファーが好意から発するものだということも、理解したつもりだ。ただおれとしてはやはり、敵国の占領軍に「徴用」されるのは釈然としない。釈然としないままうかうかと何かをやると、おれの場合、後になってきっと後悔する。そういうことを嫌というほど繰り返してきたんでね。それに、最初のあんたの大演説だが、言わせてもらえば、どうもあんたの独り善がり、先走り、ナルシシズムといった気配を感じないでもない。だから、あんたのこの「好意」に対して礼を言うのはちょっと控えておこう。ただ、今夜ご馳走になったお礼はもちろん言わせてもらうがな。

ぼくもやっぱり気が進みませんね、と黄が言った。ただ、ちょっと考えさせてほしい。ひょっとしたら……。いや、ともかくまたこっちから連絡します。それと、あんたはもう決めてかかっているようだけれど、香港島の攻防戦は今まさに進行中で、まだ結果は出ていない。そのことをお忘れなく。谷尾さんご自身が捕虜になったり、収容所送りになったりする可能性がないわけじゃない……。

谷尾は頷き、三人は腰を上げた。谷尾は、玄関前に立っている衛兵がまた何やかや文句を付けてくるかもしれないから下まで一緒にゆく、それからタクシーも手配すると言った。

ハーバーのほうから吹いてくる風が夜になって出てきたようだった。三人はホテルのロビーを出て、びゅうと吹きつけてくる寒風に肩を竦めながら、車が来るのを待った。

またしても、お喋りばかりで終わったな、とリーランドが小声で呟いた。

言葉、言葉、言葉……と谷尾も同じような低い声で応じた。久しぶりに着たスーツ、久しぶりに締めたネクタイが窮屈でならなかった。明日も未明から砲声が聞こえ、香港島の各所から煙が上がるのが見えるだろう。またしても長い一日になるだろうな、と思った。

一九四六年三月二十三日土曜日

午後四時きっかりに谷尾がペニンシュラ・ホテルの二階のバーに入ってゆくと、黄(ホアン)がカウンターの隅の席からグラスを上げて合図してきた。どういう面(つら)つきで顔を合わせたらいいものかとずっと思い悩んでいたが、いざ黄(ホアン)の隣りのスツールに腰を下ろし、目を合わせてみれば、心の底から渦を巻くように湧き起こってくる様々な感慨、気後れ、気兼ね、躊躇、恐れ、そうしたすべてを押しのけて、いちばん強く込み上げてきたのはやはりごく単純な懐かしさだった。また会えてよかったという素朴な喜びだった。

黄(ホアン)が微笑とともに差し伸べてきた右手を素直に握って、軽く振った。谷尾の記憶のなかで喋ったり笑ったりしているのはまだどこかひ弱な未熟さを残した青年だったが、いま谷尾の目の前にいて微笑を浮かべているのは、青々とした髭の剃り跡にかすかな憂愁の影を宿した、頼もしい壮年の男だった。額の生え際が少し後退し、目尻に皺が刻まれた男盛りの中国人が、ウィスキーが入っているグラスのなかの氷をかちゃかちゃと揺すっていた。そういう変化が可能になるだけの歳月が流れたのだ、と谷尾は改めて過去の時間の闇の奥をこわごわ覗きこむような思いで考えた。

長い追放生活を終えて香港に帰ってきた黄(ホアン)は、前のとは違う貿易会社に——前の会社は結局、日本による香港占領の後ほどなく倒産したらしい――職を得ることができたという。ピンストライプの入ったチャコールグレーのスーツに品のよい焦げ茶色のネクタイを締めている黄（ホアン）の隣りに並ぶと、一応洗いたてではあるがよれよれの白いワイシャツ、やはりアイロンのかかっていない安物の黒い綿のズボンという身なりの谷尾は、少なからず引け目を感じずにはいられなかった。

ロング・タイム・ノー・シー、という黄（ホアン）のありきたりな挨拶に答えて、イエス、インディード、と谷尾のほうも当たり障りのない答えを返し、寄ってきたバーテンダーに、黄（ホアン）と同じウィスキーをロックで、と言いつけてから、あれから、さあどのくらい経つのかな、と呟いた。

あの晩、このホテルのうえのほうの部屋で、クラブハウス・サンドイッチを……と黄（ホアン）も言って、遠くを見遣る目になった。あれは四一年の十二月だったから……。

そうか、四年と数か月ほども経つのか、と谷尾は言った。それは長かったのか、短かったのか……。

やはり長かったと言うべきでしょうね。少なくともぼくにとっては。たしかに、結局はあなたの言った通りになったけれど……。

日本が敗けるということ。

そう。しかしあのときあなたは、それがほんの一、二年後のことみたいに語っていた。

そうだったかな。そうかもしれない。

一、二年と「三年八か月」ではずいぶん違いますよ。一九四一年十二月から日本がポツダム宣言を受諾した昨年八月までの「三年八か月」――今や香港ではこの「三年八か月」という言葉が固有名詞みたいに使われはじめています。「三年八か月」の暗黒時代……。それがもし、せめてたった一年、あるいはせいぜい二年くらいにとどまってくれていたら、死者の数がどれほど違っていたことか。

退きどきがわからないまま、行くところまで行ってしまったからな、と谷尾は言った。とくにひどかったのは最後の一年だった。あの一年で犠牲者の数がうなぎのぼりに増え、挙げ句に、とんでもない威力を持つ新型爆弾を二発も落とされ――。

自業自得、というやつではないですか、と黄（ホアン）は目に冷たい光をたたえて言った。

谷尾は言葉に詰まった。中国人や朝鮮人の目に浮かぶこの冷たい光に、日本人は今後、どれほど長い歳月にわたって出会いつづけなければならないことか、と思った。黄（ホアン）が「死者の数」と言うのは、彼にとってはもちろんまずは香港人の、あるいは中国人の死者のことなのだ。しかし、黄（ホアン）の目はふと和らいで、すぐまたもとの温かな光を取り戻し、

退きどきがわからなかったというより、退くに退けなくなってしまったのではないですか、とほんの少しだけいたわるような口調になって言った。人心を掌握し国論を統一するために「進め一億火の玉だ！」だの何だの、煽情的な美辞麗句で焚きつけた。それがうま

く当たって、当初はお上もしめしめと思っていたのかもしれないけれど、あまりにうまく行きすぎて、いざ政府が退こうと——退かざるをえないと思い立っても、すっかり「火の玉」になった気でいる人民のほうでもはやそれを許さないという空気になっていた。そういうことだったのではないですか。

おれはずっと香港にいたから間接的にしかわからないけれど、まあ内地の空気はそういうものだったんだろう。しかし、黄（ホアン）、あんたはずっとどうしてたんだ。

電話でもちょっと言いましたが……まず、造船所の工員として日本軍に強制徴用されそうになった。そういうお達しがあった。しかし、あの晩——クラブハウス・サンドイッチを三人で食べたあの晩、あんたの誘いを断った以上、今さらそんなものになれるかと思い、何だかんだ逃げ回り、日本兵に殴られたりしているうちに、向こうも面倒になったのかもしれない、結局、人口疎散政策の対象に回された。日本の占領地総督部はともかく香港の人口を減らそうと必死でしたからね。食が足りるわけがないのだから無理もないけれど、それにしても百六十何万人まで膨れ上がったものを、最終的には十五万人まで減らすとぶち上げたんだから、まあ滅茶苦茶だ。ぼくらは汽車にぎゅう詰めに積みこまれて深圳まで連れていかれ、そこで下ろされて、あとはどこへでも行けとおっ放り出されたんです。ぼくには福建省の小さな村に遠い血筋の縁戚がいましてね。ずいぶん苦労しましたが、何とかそこに辿り着いて、身を寄せることができた。地味の薄い土地の、何の取り柄もない僻村なのが幸いしたんでしょう、戦火が及ぶこともなく、ぼくは畑仕事を手伝ったり、子供たちに算数を教えたり……。まあぼくの「三年八か月」は、どちらかと言えばきわめて楽なものでしたよ。口車に乗せられて海南島へ連れていかれ、鉄鉱石の採掘や道路建設をやらされた、七千人にものぼると言われる連中なんかに比べればね。苛酷な労働と食糧不足からばたばた死んで、戦後帰ってこられたのはそのほんの何分の一かだったと言いますが……。谷尾さんもご存じでしょう？

谷尾は黙ったままでいるほかなかった。こういう思いをすることがわかっていたから、黄(ホアン)に会いたくなかったのだ。その思いを察したか、黄(ホアン)の目の色がまたふっと穏やかになり、

谷尾さんはどうしたかな、とずっと思っていたんです、と言った。

おれは……と言いさして谷尾は口籠もった。いろいろな思いがいちどきに突き上げてきてすぐには言葉にならなかった。そこへリーランドが現われた。

リーランドがすっかり痩せてしまったことに谷尾は胸を突かれた。ビヤ樽のように肥っていた胴はすっかり萎んで、だぶついたオーカー色の半袖シャツの袖口から、枯れ枝のようなとまでは言わないが、筋肉の落ちたひょろ長い腕がにょっきり伸びている。どうやらまったく手入れをしていないらしい、ごま塩というより今やほとんど白だけになったもじゃもじゃ髭が旺盛に茂って顔の下半分を覆い、その代わりにと言うのも変だが、頭髪はほ

とんどなくなってつるっ禿に近くなっている。顔もしなびた瓜のようになっている。以前には掛けていなかった眼鏡の薄茶色のレンズ越しに覗いているのは、しかしあの懐かしいリーランドの瞳だった。陽気な色をたたえたその瞳で、谷尾の目、黄(ホアン)の目を真っ直ぐに見つめて、それぞれの手を両手で強く握った。リーランドの手の甲が染みと皺だらけになっているのにも谷尾は心が痛んだ。もっとも、こっちもむろんめっきり皺の増えた谷尾自身の顔や手が、黄(ホアン)やリーランドの目にどう映っているかもわかったものではなかった。

　そうかそうか、あんたらご両人、いかなる悪運に助けられたか、まだ生きてたのかい、とリーランドは言ったが、その彼の声が、妙に力もなく張りもない軽い声であるのが谷尾には淋しかった。かつてのブレント・リーランドは、ぶ厚い胸郭に朗々と反響する力強いバスで、一語一語に確信を漲らせつつ堂々と喋ったものだ。しかし、谷尾のそんな感慨を尻目にリーランドは嬉しそうに喋りつづける――

　黄海栄(ホアン・ハイロン)よ、受話器からあんたの懐かしい声が聞こえてきたときには、本当に驚いた。それから谷尾悠介、あんたにも再会できてこれほど嬉しいことはない。しかし谷尾よ、あんたはこんなふうにのほほんと自由に歩き回っていられるのかい。あんたはてっきり、南京で開かれるという軍事法廷に送られるものと思ってたぜ。

　おれは軍人ではないのでね、と谷尾は言った。そういうことにはどうやらならなかった。去年の九月以来、拘置されて長時間の尋問を受けたよ。それから日本の軍人が尋問されるとき通訳を務めさせられたりした。だが、結局おれみたいな下っ端は、そもそも存在それじたいとして、戦争犯罪を咎められるほどの重要性もないということなんだろうな。結局、釈放され、今は赤十字の施設に寝泊りしている。来週、引き揚げ船で日本に送還されることになっている。

ほう、来週か……それはそれは……。

連絡の途絶えていたリーランドや黄はもちろん、他の知人や職場仲間にもできるかぎり会わないまま、もう香港を離れてしまおうと谷尾は思っていた。数日前、谷尾が入っている施設の受付に谷尾の名を指定した電話があり、呼び出されてきた谷尾が出ると、受話器から黄の声が流れ出してきたのには、リーランドがそうだったように谷尾も喫驚したものだ。ミスター・リーランドの消息もわかってようやく連絡が取れたんです、どうです、また三人で会いませんか、ええと、たとえばペニンシュラ・ホテルで——と黄は言い、谷尾は数秒間の逡巡のすえ、咽喉に引っかかったような嗄れ声で、いいよ、と言った。いや、やめておこうという言葉もその数秒の間に頭を掠めなかったわけではない。しかし、そう、そうだな、せっかくそう言ってくれるなら、香港を発つ前にもう一度だけあの二人に会うか、それもいいかなと思ったのだ。

あの「クラブハウス・サンドイッチの晩」の後、香港の全体が日本の占領下に置かれ、香港占領地総督部による統治が始まってから、谷尾はリーランドにもう一度だけ電話してみたが、冷たい言葉で撥ねつけられた。それでも懲りず、数か月後に再度連絡を取ろうとしたときには、すでに彼はゆくえ知れずになっていた。香港郊外の収容所に集められた英米人捕虜名のリストは部外秘で、そこにリーランドが含まれているかどうか、谷尾には確かめる手立てはなかった。一方、黄（ホアン）には早い時期から連絡がつかなくなっていた。やがて谷尾も日々の仕事が激務となり、正直なところもはやリーランドだの黄（ホアン）だのどころではなくなっていった。「三年八か月」は谷尾にとっても激動の時期だった。

そう、来週出航の船で日本に帰るんだ、と谷尾は言った。これまでに二回、引き揚げ船の乗客名簿に一応載せてもらうところまで行ったんだが、土壇場で撥ねられて空振りに終わっていた。しかし、こんどこそ確実に乗れるはずだ。

それはまあ、よかったな、とリーランドは言った。

まあそうだな。しかし、東京に帰り着いた後、どういうことになるのか……。東京にも連合国や中立国から検事や裁判官が乗りこんできて、これから軍事裁判が開かれることになるだろう。そこでおれがどういう役割を演ずることになるのかは、帰国してみないとわからない。少なくとも事情聴取くらいはあるんだろうな。

そうか、と言ってリーランドはバーテンダーに合図し、バドワイザーを注文した。

何でウィスキーを飲まないんですか、と黄（ホアン）が言った。このスペイサイド産のシングルモルト、なかなかいけますよ。

うん、まあ……とリーランドは言って俯いた。

ビールならビールでもいいけれど、と谷尾も言った。ギネスとかイギリスのペールエールとかをあんたが頼まないのが不思議だよ。バドワイザーがビールだって？　どこがビールだ、あんなもの、馬のしょんべんだ――昔あんたがそう言ったのをこの耳で聞いたことがあるぞ。

バーテンダーがリーランドの前にグラスを置いてバドワイザーを瓶から注ぐと、リーランドはグラスの縁に唇をつけ、ほんの少量を口に含み、じっくり味わうようにしてからごくりと嚥下して、ううむ、不味いな、馬のしょんべんを飲むほうがまだましかもしれん、と呟いた。

じゃあ、何で……？

不味いから、幸いなことに大した量を飲まずに済む。実はおれ、ちょっと腎臓を悪くしてなあ。ちょっと、でもないか。かなり悪いらしい。医者からは、アルコールは一滴も体に入れるなと言われてる。

あの大酒飲みのリーランドが、と思うと谷尾は哀れでならなかった。軽口を応酬し合っていた以前の付き合いの調子が思い出され、つい反射的に、おやおや、何と可哀そうな年寄りのリーランド、などと冗談めかして揶揄しそうになり、しかしそれが口から出る寸前で辛うじて自制した。自制してよかったと思ったのは、リーランドがそれに続けてすぐ、やっぱり収容所暮らしが堪えたんだな、と言ったからだ。谷尾よ、あの晩あんたが言ったことのうち、正しかったことが少なくとも一つはある。収容所暮らしは辛いぞ、ということだ。

そうか、とだけ谷尾は呟くしかなかった。

あいつら、日本兵ども、とリーランドは顔を憎々しく歪めつつ呻くように言った。公平を期して、こう言っておく。日本兵のなかにも、ゴミ、カス、ごろつき、サディストでない者がいないわけじゃない、とな。それ以上のことは、谷尾、あんたに敬意を表して今日は言わずにおこう。もしあんたが軍人だったら、おれは今日、絶対に来なかった。あんたもまあ日本軍のために働いていたのかもしれんが、ともかくあんた自身は軍人じゃなくて、役人、官吏だったわけだから。

小役人、小官吏だけどな、と谷尾は力なく呟き、しかしすぐさま、今この席でそんなことを自嘲的に言うのは、独り善がり、自己満足でしかないだろう、と考えた。戦争の遂行に何らかのかたちで関わった人間が、戦後になって、当時の自分が果たした役割の小ささ、軽さを強調するのは、その戦争で敵だった中国人とイギリス人の耳には、責任逃れを試みる卑怯者の口上にしか聞こえまい。さあどうなのか、この二人はどう思ったのかという不安から、谷尾は二人それぞれの目をちらりと盗み見た。二人とも平然として表情を変えずにいたが、腹のなかで何を考えているかはもちろんわからない。

人の目の色を盗み見るというようないじけた卑屈な振る舞いをしている自分が谷尾には情けなかった。だが、敗戦国の国民となるという運命から帰結する様々な事どものなかで、この情けなさなどはもっとも取るに足らないものの一つであるに違いない。情けなさを自分の肩に担うほかないのだ。そう肝に銘じたうえで、背筋を伸ばし、開き直るような、挑むような思いとともに、

そう、無力な小役人だったからなあ、と谷尾はもう一度はっきりと言った。情けないことに、おれには何もできなかった。結局、東京の大本営から来る指令をいちいち忠実に果たす、使いっぱしり以上のものではなかった。

その言葉に対しては二人は何も答えず、いっとき沈黙が下りた。かつてはこの二人はおれの友人だった、しかし今はどうなのか、と谷尾は改めて考えた。あの頃の淡い友情など、激動の「三年八か月」がいともたやすくうち砕き、吹き飛ばしてしまったとしても何の不思議もない。ただ、ともかく黄(ホアン)はおれを呼び出し、リーランドも呼び出し、そしてそれに応えてリーランドのほうもこうやってやって来て、バドワイザーを不味そうにちびちびと飲んでいる。ひょっとしたら友情は、霧散消失するところまではいかず、罅(ひび)が入った程度で済んだのかもしれない。罅じたいは修復できず、いつまでも残らざるをえないとしても、それ以上には広がらないよう配慮を尽くすことはできるのではないか。楽天的にすぎるだろうか。

バーは夕食前に一杯やろうという客で混雑しはじめていた。イギリス人が大部分のようで、中国人がちらほら、そして日本人はたぶん谷尾ただ一人だった。いつの間にかピアノの演奏が始まっていた。ピアノのソロに編曲したグレン・ミラーの〈ムーンライト・セレナーデ〉の華やかで優美な旋律が、谷尾の心に染み透ってきた。こうした音楽がこのホテルに流れる時代が戻ってきたのだ。

おれに何かできることがあると思った、あのときにはそう思ったんだ、と谷尾は言った。あんたらにもそう言ったんだよな、悲惨と不幸を軽減する、そのために尽力したい、と。その挙げ句が、あの「三年八か月」になったわけだ。あの晩、リーランド、あんたはたしかおれが「大演説」をしたと言ったな。おれの「独り善がり、先走り、ナルシシズム」なんぞとも。どうやら結局、それが当たっていたんだろうな。

二人は黙ったままだった。何の応答もなかった。そうだろうな、と谷尾は思った。何を言っても弁解がましくなる。そして、弁解は意味をなさない。それでも谷尾には、言わずにはいられないことが多少はあった。それは日本占領下の香港で、忸怩(じくじ)たる思いとともに谷尾がずっと温めつづけてきた考えだった。

軍隊というものはね、と谷尾は感情が籠もらないように注意深く調律した、できるだけ冷静で客観的な声音を保とうと努めつつ、ともかく言ってみた。いわば機械、システムなんだ。それは人間を超えた非人称の力で、その外部にいる人間だけでなく内部にいる人間も圧し潰す。その力に対して、あるいは抗して、人間は無力であるほかない。しかし他方、軍隊は一個の巨大な動物でもある。それは、その構成員の一人一人をも動物へと退行させてしまう。そして、平時の平穏な生活のなかでは個人の心のどこか深いところにひっそり眠っている、血腥い野蛮な暴力を解き放つ。日本兵は「三年八か月」の間に、ここでずいぶんひどいことをやったもんだ。つまらん口論が原因で激昂して、兵士でもない一般市民をいきなり撃ち殺す、民家に押し入って婦女子に乱暴する……。人間性を奪われた人間は、一方で非情な機械となり、他方で凶暴な動物となる……。

　そう語りながら谷尾は、九龍半島側が制圧され香港島ではまだ戦闘が続いていたあの晩、恐らくおれは、自分に取り憑いていた奇態な非現実感からこれでようやく逃れられる、ものの手触り、手応えを取り戻せると感じ、それで興奮していたのだな、と改めて思い当たった。しかしそんな思い込みじたい、現実とはいささかも触れ合うところのない幻想、独り善がりの妄想でしかなかった。それを徐々に悟っていって、幻滅の底の底まで堕ち尽くすというのが結局、おれの戦争体験だったのだ、と思った。

　そんな益体もない想念をぼんやりと追って注意が散漫になっていたので、リーランドが何か言ったのが聞き取れなかった。

　え、何……？

　われらが不満の冬はようやく去って、とリーランドはもう一度繰り返して言い、問いかけるような目で谷尾の顔を見た。

あれれ、と谷尾は思い、何だ、何だったっけ……と訝しみつつ記憶のなかを探った。この四年間、いや「三年八か月」でも何でもいいが、シェイクスピアどころではなかった。どうだ、と嵩にかかった物知り顔でクイズを出し、おれを試すようなことはどうか止めてくれ、と思った。

いや、駄目だ、降参だ、と谷尾は弱々しく言った。その先は何だったかな……。それは『リチャード三世』だろう、違うか？

そう、『リチャード三世』の冒頭だ、とリーランドが得意そうに言う。

われらが不満の冬はようやく去って
ヨーク家の太陽が輝きわたる栄光の夏が到来した

「ヨーク家の太陽（サン）」というのはもちろん「ヨーク家の息子（サン）」であるエドワード四世に掛けているわけだがな。日本がついに白旗を掲げてくれたのは、とにもかくにも有難いことだった。主要都市を焼夷弾で焼き尽くされ、剣呑な新型爆弾も落とされ、惨めな敗けっぷりだったがなあ。で、あんたには悪いが、「われらが不満の冬」はようやく過ぎ去った、ということになる。もっとも、太陽が輝く「栄光の夏が到来」しているかどうかは疑わしいとしても、だ。

われらが不満の冬……『リチャード三世』か、と谷尾は呟いた。何しろここ数年、シェイクスピアなんてものとは無縁の別世界で暮らしていたからな……。

ほう、そうかい。おれのほうは、収容所にシェイクスピアの古本が十何冊も転がっていたんで、ずっと読み返していたよ。そして、今のこの収容所での生活も、世界各国の戦地で起きていることも、これ以上ないほど「シェイクスピア的」だと思っていたものだ。さしあたりこの戦争は終わったけれど、今後この世界に待ち受けている運命だって、善かれ悪しかれ「シェイクスピア的」なものとなるだろうさ。ともかくシェイクスピアのなかには何もかもがあるのだから。

そうかもしれない、と谷尾は思った。愛、嫉妬、戦争、名誉、汚辱、愚行、老い、笑い、犠牲、諦め、勇気、そして死。シェイクスピアがあれらの詩劇、喜劇、悲劇を書いたのはたしか一六世紀末から一七世紀初めにかけてのあたりだったか。では、その時代以降、人間の生活と歴史に新しく付け加わったものは何もないということか。あるとすれば、汽車、自動車、飛行機、機関銃……そして去年の八月、広島と長崎に落とされ、途方もない数の無辜(むこ)の人々を殺傷したという新型爆弾もその一つか。しかしそういうあれやこれやを新たに発明し獲得し、その獲得をいかに誇ったところで、人間は相変わらず人間のままだ。ときに機械と化したり動物へと退行したりしながら、しかし人間は結局人間でしかない。

そして人間は必ず死ぬ。「われらが不満の冬」の暗鬱を太陽のように輝かしいエドワード四世が吹き払っても、そのエドワード四世の王権はやがて弟のグロスター公リチャードによって簒奪(さんだつ)される。狡猾で残忍なそのリチャード、即位してリチャード三世になったあの怪物も、ボズワースの戦いで討ち死にする……。

ところで、ちょっとお尋ねしたいのは、と黄(ホアン)が尋ねてきた。いやほんの好奇心で訊くのですが、あの晩谷尾さんは、日本は敗ける、必ずそうなるときっぱり断言しましたね。谷尾さんはそういうことを、日本の軍人たちにも言ったんですか。言ってみたことがあるんですか。

いや、情けない話だが、おれはそれほどの豪胆は持ち合わせていなかったからな。公の場でも内輪の席でも、いっさい口にしなかった。あれはいつだったか、ロンドンの大使館で同僚だったある男が帰国のために乗った船が、航路の途上、香港に寄港したことがあった。連絡があったので一緒に夕飯を食って、まあいわゆる旧交を温めるということをしたわけだが、そのときちらりと仄めかしてみたことがある。事ここに至ったら後はもう、いつまで持つかという問題だけだろう、何で陛下は早く聖断を下さないのだろう、とね。するとそいつは、肯定も否定もせずにするりと話をかわしてしまった。まともな人間なら誰でもわかってるが、まともな人間なら誰も口にはしない、そういう事柄だと、まあ暗々裡に教えてくれたんだろうなあ。そいつなりの親切だったんだと思うよ。それを除けば、おれがあんなことをはっきり言ったのはあのときだけだ。あんたらに対してだけだ。まあ、今もそうしてるわけだが、英語というおれにとっての外国語で喋っていたからあんなふうに直截に言えたのかもしれない。

リーランドは右腕の肘から手首までの部分をカウンターに押しつけて滑らせ、中身が半分も減っていないバドワイザーの瓶とグラスをそれでぐいと脇に押しやった。そしてバーテンダーを呼び、おれにもウィスキーをくれ、と言った。それから、

香港はこれからどうなるのかね、どうなってゆくのかね、とぼんやりと呟いた。

あのね、と谷尾は言った。悲惨と苦痛を何とか軽減するためにうんぬんかんぬんと、あの晩おれが勇み立って言ったのは、まあたしかに独り善がりの妄言だったんだろうさ。おとぎ話、ともあのとき言われたかな。死という悲惨を、じゃあどう軽減なんぞしようがあるのか、と。それは正しい。取り返しのつかないことがこの世にはある。ただ、取り返しのつくこともある。後になってから償える悲惨や不幸もある。香港に対して、今後日本が償うべきは、まずは軍票の問題だ。

黄(ホアン)が大きく頷くのを横目で見てから、谷尾は言葉を継いだ。

日本軍は香港の人々の財産を召し上げて、それを強制的に軍票に換えさせた。しかも情けないような交換レートで。それは今では、むろんただの紙屑だ。

タヌキが人を化かして木の葉をお札に変えたんだ、おまじないが解けたらそれはみんな木の葉に戻っちまった、と言おうとしたが、英語で説明するのが面倒なので言わずに済ませた。タヌキは英語で何と言うのだろうか。バジャーというのはアナグマだったか。イギリスや中国のフォークロアでもタヌキは人を化かすことになっているのだろうか。

あれは明らかな犯罪だ、非常に悪質な詐欺行為だ。われわれ日本人はあれを弁償しなければならない。

弁償できるのかねえ、今の日本に、とリーランドが疑わしげに言った。

すぐには無理だろうな。しかし日本もいつまでも今のような体たらくのままではないだろう。見渡すかぎり焼野原になってしまった廃墟にも、だんだん建物が再建されてゆくだろう。いつか、香港の人々が蒙った損失を賠償できるほどの国力を復活させる日が来るだろう。そうしたら必ず賠償しなければならない。何年後、何十年後になろうとな。そのために――。

あんたは「尽力」するわけか、またしても。人道主義者として。

リーランドの言葉は悪意を籠めた皮肉ではなく、ただ谷尾をからかっているのだった。それとはっきりわかるように言ってくれたことに感謝しつつ、谷尾は苦笑して肩をすくめてみせた。

香港がこれからどうなってゆくのかという話ですが、と黄（ホアン）が言い出した。それはね、いったんいなくなったイギリスがまた戻ってきた――それだけのこと、とも言えるわけでね。そりゃあ、イギリスは日本よりははるかにましだ。しかし、香港が相変わらず、外国人に統治された植民地であることには変わりない。「われらが不満の冬」は、われわれにとっては実はまだいっこうに終わっちゃいないんです。たぶん、いつの日にか……。

いつの日にか、あんたらはわれわれを追い出すことになるのか。その独りごととも問いかけともつかないリーランドの言葉に、

なるでしょうね、と黄(ホアン)ははっきりと答えた。イギリスにも出ていってもらって、香港がわれわれ中国人のものになる。そういう日が来る。必ず来ます。長い時間がかかるでしょうが……。その過程で、こんどはリーランド、あんたがぼくの敵国人になることがあるかもしれないよ。

そうなる前に――あんたらから追い出される前に、おれはイギリスへ帰るよ。いや、もうとっくに帰っているつもりだったんだ。収容所で一緒だった連中は去年の八月以降、争うように引き揚げ船に乗ってみんな帰国してしまった。おれはただ、日本軍が駆逐された後の香港がどうなったのかいささか興味があって、今までずるずると居残っていただけだ。それと、ちょっと片をつけなくてはならないこともいろいろあって……。しかしもう帰る。帰るつもりだ。

イギリスのどこへ帰るんだ、と谷尾は尋ねた。

ウェールズ地方にニューポートという町があって、妹の一家が住んでる。そこへとりあえず転がりこむつもりなんだが、まあ厄介者扱いされるだろうな。もともと互いにさしたる情愛も抱いていない兄妹だったしなあ。しかし、「帰る」という言葉にも、実のところあんまり実感がないんだ。この町が長かったからなあ。おれがここに来たのはたしか一九二七年だから、もう……そう、十九年か。最初はある雑誌のために写真を撮る仕事で、ほんの半年か一年ほどだけ滞在する予定だった。それがいろいろあって……。

あんたはカメラマンだったのか。

まあ、そんなことはどうでもいいや。ともかく、いつの間にか十九年。その間、クリスマスに短期間、帰国したことは二度ほどあるけれど。そして戦争が始まって、終わって……。わが祖国も対独戦の戦火をくぐり抜けなければならなかったわけだし、ずいぶん変わったことだろう。だからもはやそこへ「帰る」というより、「行く」という感じかな。「帰る」というならそのうちきっと、この香港へ「帰りたい」という気持ちになるに違いない。そう思うよ。

イギリス人は老後はみんな、田舎に小さな家を手に入れて、小さな庭で薔薇を栽培するんでしょう、と黄（ホアン）が言った。それが人生の最終目的なんだと聞いてますけどね。きっと剪定鋏で余分な枝をちょんちょん切りながら、自分は二十年近くもあの東洋の町で、いったい何をしていたんだろう、今になっては夢みたいだなあ、なんて思い返してしんみりするんでしょう。

イギリス人もいろいろだ。おれは薔薇なんぞに何の興味もないやな。

じゃあ、キャベツか大根か蕪でも栽培すればいい。

いや真面目な話、おれは結局のところ、性懲りもなく香港へ舞い戻ってくることになるかもしれん。そういう気がしてならないんだ。香港島のどこか見晴らしのいい場所に安い、小体な古家でも買って、そこで回想録を書くというのはどうだ。悪夢のような収容所暮らしを頂点とする、おれの半生の記を。執筆に疲れたら、テラスに出てデッキチェアに寝そべって、海に日が沈んで、だんだん闇が広がってゆくのを眺めながらウィスキーを飲む……。

……飲んでいるところを、と黄(ホアン)がすかさず茶々を入れた。香港独立運動の闘士たちに急襲され、現地人を搾取していた旧支配層の残党ということで引っ立てられ、イギリスへ強制送還される、と。

それじゃあ、行ったり来たりの人生か。それも面白いなあ。そう言ったリーランドの顔には本当に愉快そうな表情が浮かんでいた。

しかしなあ、イギリス人を追い出したとしても、さあその後はどうする、と谷尾が言った。香港が突然、独立国となるわけにもゆくまい。すると、中華民国の領土に組み込まれるのか。国民党総裁の蔣介石をリーダーと仰ぐことになるんだぞ。あんたらはそれでいいのかい。
うん……それですよね、問題は。もちろん蔣介石はなかなかの傑物だ。そうぼくも思うし、多くの香港人もそう思っているはずです。何しろ中華民国の国父たる孫文先生の、直系の後継者なのだし。ただし、そもそも今日の国民党の政権じたい、盤石なものとはとうてい言えないでしょう。共産党との間に、以前からの因縁を引きずった小競り合いが今でも相変わらず続いている。遅かれ早かれ本格的なドンパチが、「国共内戦」が始まりそうで、その結果がどう転ぶかは今のところ未知数です。共産党中央委員会主席の毛沢東というのも、どうやら相当いかがわしい、食えないおっさんらしいですからね。あのご仁は、日中戦争のさなか、裏で密かに日本軍と手を結んでいて、蔣介石と日本を戦わせて漁夫の利を得ていたと言うじゃないですか。一九三七年の十二月、日本軍の侵攻に遭って南京が陥落したとき、当時延安にいてそのニュースを聞いた毛沢東は、大喜びして祝杯をあげたという、かなり信憑性の高い噂があるし……。
香港が最終的に、共産主義体制下に置かれる可能性も——と谷尾が言いかけると、
ぼくはそれは嫌なんだ、と黄(ホアン)ははっきりと言った。そりゃあね、共産主義を、共産党を嫌うのは、まあ宗主国イギリスのパトロネージによってぼくらに植え付けられてしまった偏見かもしれませんよ。イギリスふうの教育を受け、ロンドンに留学した男の、凝り固まった先入観だ、巧妙に洗脳された結果だと言われれば、一概に否定はできません。しか

し、ともかく香港は、資本主義の活力で持ってきた一大商業都市だ。この「三年八か月」は別としてね。そうでしょう？　自由な企業心、進取の気性(エンタープライズ)でここまで発展してきた町じゃないですか。その歴史が否定されたら、この町には未来がなくなってしまう。だから、それを率いるのが毛沢東だろうが誰だろうが、ぼくは共産党政権にはこの町は呑みこまれてほしくない。

　イギリス統治の香港政庁のほうがまだましか、とリーランドが言った。

まあ、そういうことですね。

じゃあ、イギリスと持ちつ持たれつでやっていけばいい。

それはそれでいいですよ。ただ、中国人の住む土地は中国人によって自治されるのが筋でしょう。ともかく植民地というものはこの世界から消滅すべきです。植民地主義は一九世紀の遺制です。とうに時代遅れになった悪夢です。

　三人はしばらく黙ってウィスキーを啜っていた。このバーからは手摺り越しに階下のロビーが見下ろせるようになっている。そのロビーでハイティーを楽しむ客の談笑が、静かな潮騒のように立ちのぼって三人の耳まで届いてきた。

　グウィネスはどうしてる、彼女の消息を何か聞いているか、と谷尾は黄(ホアン)に尋ねてみたくてたまらなかった。日本軍による香港攻略戦が勃発する直前、彼女がイギリスに帰ることができたのは、本当に幸運なことだった、と谷尾は折りに触れ考えてきた。帰国後の彼女から連絡があったのはたった一回きりだった。彼女が香港を発った二年後の冬、たしか四三年の十一月か十二月だったろうか、ロンドンのウェスト・エンドのとある画廊から谷尾の手もとに一通の封書が送られてきた。「検閲済」の印が押され、一度開封されてから糊付けし直された痕跡がある——敵国からの郵便だから当然だが——その封筒を開けてみると、出てきたものは彼女の個展の案内状だった。船便だったのに加え、検閲の過程にどれほど時間がとられたのか、谷尾がそれを読んだときには、オープニング・パーティはもとより個展の会期じたいもとっくに終わっていた。そもそも香港に住む男に、ロンドンの画廊でやる個展への招待状を送るという振る舞いじたい、あまり現実的とは言えないわけで、要するに一種の挨拶なのだな、遠くからちょっと手を振ってみせたのだな、と谷尾は解釈しておくことにした。

　同封された絵葉書には一枚の絵の複製写真が印刷されていて、それが谷尾が初めて見るグウィネスの作品だった。それは〈獲物、油彩〉という題名で、描かれているのは兎なのだが、傷口があったり血が流れたりしているわけではないがそれは明らかに死んだ兎だった。題名が言っているようにこれはたぶん狩りの獲物で、これから皮を剝がれ肉が切り分けられ、それが食用に供されようとしているというわけだろう。描きようは一応リアリズムで、毛皮の湿り具合まで含めてものとしての質感は鮮明に再現されているが、その一方、形、色、線が不安定に流動し、無秩序状態のなかへ解体してゆくような不穏な気配を漂わせている。それがそのまま、死骸の肉が腐敗し分解して土に還ってゆく過程と重なるように感じさせもする。具象画でありながら見ようによっては抽象画のようでもある、それは不思議な魅力を持つ絵だった。実物をぜひ見てみたいものだと思いながら、谷尾はその小さな複製写真に見入った。

ただ、これを描いた画家が健康で幸福な人間だとは決して思わせないような絵でもあった。また、見る者の瞳と心に慰藉をもたらしてくれるような快い絵でもまったくなかった。

写真の余白に万年筆で、"Dead or Alive, Gwyneth" という謎めいた言葉が書きつけられていた。「生死を問わず」というのは誰のことを言っているのだろうか。グウィネス自身のことか、おれのことか、それともこの描かれた兎のことを言っているのか、と谷尾は甲斐もなく自問した。

グウィネスは元気なのかい、とさりげなく言ってみることはできるだろうか。実際、グウィネスは——とほとんど舌の先まで出かかったが、それはやはり黄(ホアン)に向かって口にするのは憚られる名前だった。グウィネスと黄(ホアン)が一緒に暮らしていた当時、数か月にわたって彼女と密会を続けたという事実は、たとえそれが彼女と谷尾自身以外には誰一人知る者がいない秘密だとしても、谷尾にとってはやはり不名誉な記憶以外のものではなかった。あの泥沼のような情交のなかでもがいていた日々が、自分の過去に刻印された拭い去れない汚点だという意識は、今でも谷尾の心から消えることがなかった。たとえそれが、たじたじとなって尻込みする谷尾の逡巡を押し切るようにしてグウィネスが先導し、彼をぐいぐいと引きずりこんでいった泥沼であったにせよ。また、――これは絶えず嫉妬に心を乱されつづけたゆえに生じた谷尾の妄念かもしれないが――グウィネスの体の反応の些細な変化や彼女が我にもあらず何気なく洩らす言葉の切れはしから、黄（ホアン）でも谷尾でもない、誰とも知れない第三の男の影がふと感知されてしまうといったことが何度かあったにせよ。

　黄（ホアン）とリーランドとの間で交わされている軽口の応酬が、谷尾の意識からふと遠のき、初めてグウィネスに会った晩のことが甦ってきた。黄（ホアン）がただ一度だけ谷尾とリーランドを自分のアパートへ連れてきて、そして谷尾と黄（ホアン）との間で激論が持ち上がってしまったあの晩……。しまいに黄（ホアン）は酔い潰れ、テーブルに顔を伏せて寝てしまったのだが、すると谷尾はふらりと立ち上がり、

　おれ、もう帰るわ、と言ったのだ。

　まあ、座れ、気分直しに、もう一度飲み直そうじゃないか、とリーランドが取りなすように言ったが、

　いや、帰る、と谷尾は言い、何とか笑みらしいものを口もとに浮かべてリーランドに向かって片手をちょっと上げてみせた。何だか気分が悪いんだ、すまんな。

　そうか……。こいつをこのまま放っておくわけにもいかんし、おれはここでもう少し休

んでゆくよ。こいつの目が覚めたら、谷尾がよろしくと言っていた、と伝言してやる。

そこで谷尾はコートを着て黄(ホアン)のアパートを出た。そこはエレベーターのない古い建物の四階だった。ともするとよろけがちな足取りがもつれないように注意しつつ、谷尾は階段を一階まで降りていった。廊下と階段は真っ暗だが、踊り場ごとにスイッチのありかを示す小さな光が灯っていて、それを押すと壁の明かりが十秒かそこら点き、自動で消えるようになっている。気分が悪いというのは嘘ではなく、いつもの酒量を大幅に越えたウィスキーを飲んでしまったので頭はがんがん痛むし、一歩足を踏み出すごとに胃の腑から突き上げてくる、ひどい吐き気の波状の発作と戦いつづけなければならなかった。一階まで降りると玄関ホールには薄暗い常夜灯が灯って、仄かな明るみが広がっていた。もう深夜すぎだったので建物の正面入り口の扉は施錠され、外からは入れないようになっているが、内部からは鍵なしでも開けることができる。扉の取っ手を回して錠が外れたがちゃりという音が聞こえた瞬間、隅の薄暗がりに人の気配があるのを感じ、はっとして動きを止めた。

煙草の煙のにおいが谷尾の鼻孔をくすぐった。安物の中国煙草ではなく欧州製の上等品のようだった。薄暗がりのなかで、誰かがひと息深く吸いこんで火の点いた煙草の先端が赤く輝くのが見え、それからその人の吐き出した煙がこちらに漂い流れてきた。もう帰るの？　という声が聞こえ、同時にそれを言ったのがグウィネスであることがそのときようやく見分けられた。黒っぽいシャツに、やはり黒っぽいズボンというシンプルな装いで、それとの対比で金髪の輝きがひときわ目立つ。少々だぶついた感じのシャツの袖を肘まで捲り上げ、一方ズボンのほうは窮屈そうな細身で、脚にぴったり張りついている。

帰ります。今日は失礼しました、黄（ホアン）が寄っていけと言うので、つい突然――。

彼はどうしてるの？

黄（ホアン）ですか？

そう。

酔っぱらって、寝ちゃいました。実はちょっと言い争いになってしまって――。

知ってるわよ。あんな大声で怒鳴り合ってたのが、聞こえないとでも思ってるの。

申し訳ありません。

グウィネスは薄暗がりから一歩、二歩、歩み出てきて、また煙草の煙を吐いた。その煙と一緒に、何という銘柄なのか、彼女がつけている柑橘系の香水の強い香りと彼女の体臭が混ざり合ったものが、谷尾のほうへ流れてきた。

いや、うるさかったでしょうね。すみませんでした。

寝室にいても、とてもじゃないけど眠れないから、ここに来て煙草を吸ってたの。あなたたち、議論に夢中で、あたしがアパートから出ていったのにも気がつかなかったんだ。

気がつかなかった。

グウィネスは最後にもうひと息深く吸いこんでから、煙草を床に投げ捨て、靴で踏みにじって火を消した。

じゃあ、帰るのね、と彼女はまた言った。

帰ります、と谷尾のほうも我ながら間抜けだと思いながらさっきと同じ答えを返した。もう少し気の利いた会話を続けたいという気持ちがなくもなかったが、頭痛と吐き気がひどくて他に何も言葉が思い浮かばなかった。帰りますと言ったのに体が動かず、グウィネスがさらに二歩、三歩とこちらに歩み寄ってくるのをぼんやりと見つめていた。気がつくと彼女の唇が谷尾の唇のつい間近にあって、温かく腥い息が吐きかけられてきた……。

もう五年近くも前のことになるのか、と谷尾は思い、来月の誕生日が来るとおれもとうとう満五十歳だ、とも思った。ひょっとしたら黄（ホアン）は、グウィネスと谷尾の間に起こったことを最初から知っていたのではないのかという、今まで何度も頭のなかでこねくり回したことのある疑いがまた浮かんできた。谷尾が泥沼にはまりこむところから、そこから何とかかんとか抜け出すまで——その顚末の一部始終を、知っていて終始知らん顔をしていたのではないか。いや、案外グウィネス自身が黄（ホアン）にそれをあけすけに喋っていたのではないのか。それはもはや真相を確かめようのない問いだった。

さて、おれはそろそろ……と、グラスの底のウィスキーの残りを一気に飲み干して谷尾は言った。おれはもう行かなくちゃならんが、あんたらはもう少し飲んでいったらどうだい。

黄（ホアン）にはあらかじめ、夜は用事があるけれど夕方の一、二時間くらいなら都合がつけられる、と言ってあり、それで午後四時にバーでということになったのだった。用事など何もなかったが、この二人とかつてのようにゆっくり食事したり深夜まで痛飲したりする気にはなれなかったし、二人のほうでもたぶんそうではないかと谷尾は踏んでいた。

どこかで飯でも食おうじゃないか、とそれでもリーランドが言った。このホテルでもいいし、どこか外へ繰り出してもいい……。

いや、ちょっと回るところがあるんだ。それに、もう来週には船に乗るから、いろいろ準備があって忙しくてなあ。

用があるというのも帰国の準備で忙しいというのも口実にすぎないと、この二人はたぶん察しているに違いなかった。準備も何も、身の回りの品をさっとまとめて中くらいの大きさのボストンバッグに詰めればそれで終わりである。残りはすべて失ってしまった。あるいは棄ててしまった。

そうか、では今日のところはこれでお開きにするか、とリーランドが言ってバーテンダーに勘定を頼んだ。今日の酒は奢るからと言われるのではないかと谷尾は恐れていたが（非難されるのと憐れまれるのとではどちらが辛いだろうか）、リーランドが勘定の金額を大雑把に三等分して谷尾にも支払いを求めてきたのに安堵し、その心遣いに感謝した。

一階に下り、ロビーを横切ってホテルの玄関から外へ出た。どこかうっすらした青みの混じった夕闇がすでにあたりを浸しかけていた。

さて、と谷尾は心のなかで呟いた。あとはただ、二人と握手して別れるだけだ。戦争は終わったが、それぞれの国の、それぞれ種類の異なる苦難がこれから本当に始まる。

すると、谷尾の心のうちを見透かしたように、谷尾のすぐ背後にいたリーランドが突然、ぶ厚い胸ぜんたいに朗々と反響するようだったかつての声を取り戻し、雷鳴のように響きわたる力強いバスで、吠えるように朗誦した——

次はいつまた会おうぞ、われら三人、雷、稲妻、それとも雨のなか？

一瞬、間を置いて谷尾が、後ろを振り返らないまま、

大騒動が治まって、いくさに敗けて勝った、その後で、と『マクベス』の魔女たちのせりふの続きを言った。

三人はほんの数秒、黙ったまま立ち尽くしていた。それから谷尾は後ろを振り返り、リーランドの目を見て頷き、黄（ホアン）の目を見て頷くと、それ以上は何も言わず、結局握手はしないまま歩き出した。車寄せを横切り、人と車が賑やかに行き交うソールズベリー・ロードに向かって、一度も後ろを振り返らずに歩いていった。熱いものが前触れなしに目にどっと溢れて視界がぼやけた。何とか真っ直ぐに歩いていかなければならない。後ろからまだ彼らが見ているかもしれない。足元がよろけるといったぶざまな醜態をさらすわけにはい

かない。涙がこんなに流れるのはいったいなぜなのか、訝しかった。失われた現実の手触り、手応えをこんどこそ本当に取り戻すためにおれは残りの人生の時間を捧げるのだ、と谷尾は思った。

香港陥落——Side B

グレン・グールドは自分のレコードの一枚をある友人に送ったとき、B面は決して聴かないことをその友人に約束させたという。

（ジェラール・ジュネット『合切袋（バルダドラック）』）

Bは潜在的なAに対立する。だがそのAとは非Bであれば何でもいいというものではない。Bと口にする者はAを念頭に置いてはいるのだ。この幽霊染みたA——「A面」について語られることはほとんどない——は指示行為の零度なのである。

（同）

一九四一年十一月十五日土曜日

ブレント・リーランドは冷たい小ぬか雨のなか、骨董品店が立ち並ぶ摩羅上街（アッパー・ラスカー・ロウ）を傘もささずにそそくさと歩き、角を曲がってとある小路に入った。時刻は午後七時を少々回って、街はすでに粘稠（ねんちゅう）な液体のようにねっとりと濃い寒々とした闇のなかに沈みかけていた。たしかこのあたりに、肩の凝らなそうな食いもの屋があったのではないか。その小路は摩羅上街（アッパー・ラスカー・ロウ）とそれに並行して走る荷李活道（ハリウッド・ロード）とを結ぶ幾本かの細いぬかるみ道の一つで、以前ここを通りかかったとき何か料理屋の看板らしきものを見かけたという漠とした記憶がリーランドにはあった。

今日は二日酔いが昼過ぎまで頭の芯に残っていて、正午少し前に中環（セントラル）地区にいくつかあるイギリスふうのパブの一軒で、朝食と昼食を兼ねたローストターキーのサンドイッチを注文してはみたものの、いざ食べはじめると吐き気が込み上げてきて結局半分近く残してしまったのだった。しかしさすがにこの時刻になると急にひどく腹が減ってきていた。いや腹も減ったがそれよりもとにかく酒が飲みたくてたまらない。

料理屋はその小路にたしかにあった。しかしそれは記憶にあるよりよほどみすぼらしいちっぽけな店で、いざその前まで辿り着き、食欲を削がずにいないような小汚い外観に向かい合うと、さあどうしようとためらわずにいられなかった。百龍餐館などというご大層な店名が冗談のようにしか思われず、そもそもHundred Dragonsという英語名を添えて漢字四つを麗々しく大書して掲げてある看板の文字じたい、風雨にさらされてペンキが剝げちょろになり、「龍」「餐」など辛うじて読み取れるかどうかという状態になっている。看板じたいも少々傾いている。このぶんでは店内や厨房の衛生状態にもまったく信を置けず、何か下手なものを食わされて腹を下すようなことにもなりかねまいと思った。

しかしそのとき雨が急に勢いを増し、一応簡易舗装は施してあるもののその舗装もあちこち破損してぬかるみや水たまりが出来ている地面に、雨粒が当たって水しぶきが上がり出した。レインコートの襟を立て寒さに首をすくめながら歩きつづけてもう骨まで凍えきってしまった。ともかくちょいと雨宿りをしていこう、とリーランドは心を決めた。このぶんではどうせ長居をする気になれそうな店ではあるまいし、旨かろうが不味かろうが何でもいいから何か温かいものを胃の腑に収め、それで一応人心地がついたら店の帳場でタクシーを呼ばせて帰宅すればいいだけのことだ。

スウィング・ドアを押すとすぐ開いたので足を踏み入れた店内は、薄暗くて無人で、黴臭い空気が籠もっている。今日は休業なのだろうか。いやこの荒(すさ)みようからすると、休業どころかとっくに廃業しているとしても不思議ではない。だが、それなら表扉に施錠くらいしておいてもよさそうなものではないか。憮然として立ち尽くしていると、店の奥から人影がぬっと現われたのでぎくりとした。それまでまったく人の気配が感じられなかった場所に、ふと気がつくと、櫛も通していないようなごま塩の蓬髪を左右に垂らし、長細い骨張った顔をした、六十代と見える中背の中国人の男がいきなり立っていた。幽霊、亡霊、いや幽鬼といった言葉さえふと浮かんだのは、氷雨のなかをずっと歩いてきたリーランドの心に重苦しく禍々しい「鬱」の気が立ち込めていて、それに影響されただけのことなのか。男はざっかけない暗灰色のセーター姿だが、あちこちに汚れ染みがある白い前掛けを締めているところを見るとたぶんこいつがコックなのかと思われた。客を迎えた料理屋の雇われ人が示して当然の愛想など男はかけらも見せず、何も言わずに無表情のままこっちを探るようにじっと見つめてくるだけなので、リーランドは仕方なく、

えーと、何か食べられるのかな、と独り言(ご)つように英語で呟いた。

申し訳ございませんが今日は休みですので……といった返事を予想しながら、いやむしろそれを半ば期待しながらそう呟いたまでのことで、期待通りの答えが返ってきたらすぐ

さまさっと踵を返し、店を出てしまうつもりだった。ところが案に相違して、男は何かを考えるようにちょっと間を置いてから、右手の人差し指をゆるゆると上げ、体を少し傾けて店の斜め奥を指し示し、

アップステアーズ、プリーズ、と無表情を崩さないまま小声で言った。

指差された先に目をやって、薄暗がりを透かし見ると、店の奥にたしかに狭い階段があるのが見分けられた。二階へどうぞ、か。プリーズの一語を添えてきただけ、まあ上等か。仕方あるまい、とリーランドは思い、というか諦め、嫌々ながらのような気持ちを持て余しつつそちらへのろのろと歩を運び、踏み板の真ん中が磨り減って、足をのせるとぎしぎし軋む階段を昇っていった。それを昇りきったフロアはしかし、とりあえずふつう程度には照明されている。壁には何の装飾もなく、卓や椅子は不揃いな安物を間に合わせに調達してきただけといった風情の、どこにでもあるような古ぼけた安食堂だが、恐れていたほど不潔ではなく、掃除も一応行き届いている。ともかくそう見える。階下は見た目が寒々としているだけでなく実際に空気が戸外と同じくらい冷えこんでいたが、この二階フロアは暖房が入っていて、それだけでも心も体も一挙にだいぶ弛んだ。が、リーランドが何よりほっとしたのはひと組だけながら先客がいることだった。

円卓が二つ、四人掛けの四角い卓が四つ設えられたそう広くもない室内の、いちばん隅の四角い卓に、若い男と老人の二人連れが向かい合って座っていた。若い男は焦げ茶色の

背広姿、老人は濃紺色の長袍(チャンパオ)を着ていて、どちらもアジア人だが、まあ中国人だろうなとリーランドは見当をつけた。リーランドが闖入してきたせいか今は二人は口を噤んでいるが、階段を昇ってくる途中で断片的に耳に入ってきた、ぼそぼそと低い声で交わされていた会話は間違いなく中国語だった。リーランドは彼らの卓からいちばん遠い、テーブルクロスもかかっていない卓の椅子を引き、頽(くずお)れるように腰を下ろして深い嘆息を洩らしたが、思い直してもう一度立ち上がり、レインコートを脱いでそれを丸めて横の椅子に置くと、またどっかと座りこんだ。

　手足の先まで温かな血が通いはじめ、息づかいがようやく平常に戻るまでにはしばらく時間がかかった。その頃合いを見計らったように、まだ十代と見える痩せっぽちの小姐(シアオジエ)がようやくのろくさと階段を昇ってきてリーランドの前に立った。血の気の薄い仏頂面をしたその小娘に、

老酒(ラオジウ)の熱いのをくれ、ととりあえず言った。それから……そう、まあ餃子(ジアオズ)でも貰うかな。

　茹でたの、蒸したの、焼いたの、と訊き返してくる小娘に、

　茹でたのを、と答えた。

はい、水餃(シュイジアオ)ね。それから?

いや、とにかくそれだけくれ。後はまた考えるから。メニューはないのか?

メニュー?　菜単(ツァイダン)?

イエス。

小娘はそんなものを要求してくる客に初めて会ったという当惑顔になって首をかしげたが、リーランドが黙って見つめ返していると、下へ行って訊いてきますと面倒くさそうに言い残して立ち去った。その後ろ姿に向かってリーランドはちっと舌打ちした。メニューを備えていない食堂があってたまるか。しかしまあ何でもいい、何はともあれ酒にありつけそうだという見通しが立ち、安堵感が全身にほのぼのと広がって、それがそのまま軽い放心状態へと変わってゆく。同時に、先ほどまで摩羅上街（アッパー・ラスカー・ロウ）で行なっていた訊き込みの次第がぼんやりと甦ってきた。何も成果がなかったな、またしても半日無駄にしたなと思い、しかしどうせそんなことになるだろうと最初からほぼ予想していたので、やりきれないような失望感が改めて掻き立てられたわけでもない。

香港島上環（ションワン）地区の、骨董街として知られる摩羅上街（アッパー・ラスカー・ロウ）には、大小あまたの骨董品店、古道具屋、土産物屋等々が軒を連ねる。出自のたしかな本物のアンティーク品やヴィンテージものの宝石細工しか扱わない高級店もある一方、がらくた同然のわけのわからない品々を、法外な高値だったり叩き売り同然の安値だったりで店頭に並べているいかがわしい店も少なくない。それに加えて木組みのうえに雨除けの防水布を掛けただけの簡易な屋台店も路上にずらずら並んでいる。雨の降っていない日には、どこからともなく集まってきた連中が適当な場所を勝手に選んで地べたにビニール布を広げ、そこに雑多な品々を並べてしみったれた露店を開く。

古着、古靴、日用雑貨といったありふれたものばかりではない。廃物としか見えないラジオ、電線コードの束、あちこちの部分が欠損したシャンデリア、ビニール袋に詰まった古切手、どこの国のものとも知れぬ勲章やメダル、孫文が寝室で愛用していたと称する目覚まし時計、上海映画のスター女優のサイン入りブロマイド写真、名前を聞いたこともない作家のぼろぼろの全集ひと揃い……。そういうごみの山のなかに、いわゆる「掘り出し物」がはたして埋もれているのか、どうか。

掘り出し物目当てで徘徊している好奇心の強い連中と売り手とが、掛け合い漫才にも似たしぶとい値引き交渉の舌戦を日々声高に繰り広げているこの摩羅上街（アッパー・ラスカー・ロウ）は、その通称をキャット・ストリートすなわち猫街という。正規の営業許可などとっていないそんな屋台店や露店に、しばしば盗品その他出所の怪しい品物が出現し、それが「ネズミ商品」と呼ばれるところから来た名前である。露店の前にしゃがんで「ネズミ商品」を矯（た）めつ眇（すが）めつしている客が、ネズミを狙う猫に譬えられたわけだ。リーランドもそうした猫の一匹というごとに、まあ一応はなる。いや、無邪気な猫を素知らぬ顔で演じているものの、猫のお面を被ったタヌキかキツネのたぐいといったあたりが実相に近いか。

老酒と餃子が来た。小姐（シアオジエ）は相変わらず面倒くさそうな顔で皿や杯や小鉢をリーランドの前にどんと置くなり、メニューのことはすっかり忘れてしまったようにくるりと背を向け去ってゆく。勝手にしやがれとリーランドは心のなかで毒づき、ともかくコップに入った老酒に手を伸ばした。コップが火傷しそうに熱くなっているのが嬉しかった。その上縁を親指と人差し指の先でそっと摑んで口元に持っていき、湯気が立っている酒をひと啜り、ふた啜りする。と、火のように熱いものが胃の腑まで下りていって、そこにいっとき収まり、次いでそこから発する温気がゆるやかに全身に広がってゆく感覚を愉しんだ。こんな安物のコップで供するにはふさわしくない、思いがけず上等な老酒だった。甕に仕込んでかなりの年数熟成させたとおぼしい逸品である。それがコップのへり近くまで気前よく、鷹揚に、なみなみと注いである。大ぶりの餃子も旨い。がぶりとひと口食いついてもちもちした食感の一片を嚙みちぎるや、風味豊かな肉汁が口のなかいっぱいに即座に広がる。

　まあともかく今日いちにちを何とか生き延びたな、とリーランドは思った。徒労に終わったが、徒労だろうが何だろうがともかくこうやって一日の終わりを迎え、芳醇な老酒を啜りながら旨い餃子を頰張っていられる。この歳になると人生に求めるものはそれだけでもう十分という気分になる。

　とりあえず、この近辺に探りを入れて回ってももう収穫はなさそうだということだけはわかった。脈はない。ネズミも猫も網にかかってきそうにない。何かまた別の戦略を練らなくてはなるまい。摩羅上街（アッパー・ラスカー・ロウ）は今ではもう、おのぼりさんが話の種に遊びに来てお土産品を探して回る、観光名所みたいなものでしかないのかもしれないな、と思った。

コップのなかの老酒が半分ほど減った頃、二人連れの先客の一人とふと目が合い、互いにすぐ逸らし合ったが、妙に鋭い目つきをしたその若い男の顔に、何やら見覚えがあるような気が急にしはじめた。男の会食相手の老人のほうはリーランドの席からは後頭部しか見えないのだが、その老人に向かって男は何か皮肉っぽい微笑を浮かべつつ熱心に話しかけている。あの男……どこかで見たような気がする、いや言葉を交わしさえしたのではなかったか……。リーランドは男の顔にもう一度視線を戻し、記憶の貯留庫のなかをゆるゆると手探りしてみた。するとほんの数秒も経たないうちに、複雑に重なり合い絡まり合った記憶の襞々の、その一枚の陰に潜んでいたささやかな過去の一情景に不意にピッと電流が通じて、ほんのり明るくなり、男の顔がその情景のなかにぴたりと収まった。そうか、あいつだったか。思い出せたことに小さな喜びがあった。では、挨拶くらいしておいてもいいか。

リーランドは男の顔をことさらあからさまにまじまじと注視し、相手と目が合う瞬間を待った。何気なく目を上げた男がリーランドの視線を受け止めて、怪訝そうな表情を浮かべた。リーランドはすかさずにやりと偽悪的に笑ってみせ、そうしながら左手を、甲の側を相手に向けながら宙に突き上げた。すると着古した深緑色のツイードのジャケットの袖口が自然にすっと下がって、手首に巻いた腕時計のフェイスが露出した。恐らく香港のどこか場末の町工場で作られた、贋物のロレックス……。男の顔に理解の色が浮かび、口の端が苦笑でかすかに歪んだ。リーランドは念押しするように右手の人差し指の先でそのフェイスをとんとんと軽く叩き、それから、なかなかいいぜという思い入れで親指をぐいっと立ててみせた。

鋭い目つきの男はリーランドの顔に視線を据えたまま、上半身を少し前に倒し、向かいの老人に顔を寄せて、ふたことみこと何かを囁いた。すると老人はくるりと首を回し、無表情を崩さないままリーランドの顔と風体をじろじろと無遠慮に見た。それでリーランドも老人の顔を真正面から見ることになった。大きな耳、太い鼻すじ、厚い唇という立派な顔立ちの、七十代半ばと見える老人は時間をかけてリーランドの品定めをした後、若い男のほうに向き直り、かすかに首を振った。振ったように見えた。ただしそれが肯定の意味で頷いたのか、否定の意味で横に振ったのかはよくわからない。

若い男が椅子を引いて立ち上がり、リーランドに近づいてきた。卓の脇に立ってリーランドに向かって小腰をかがめ、にっこりして、

また会いましたね、イギリス人のお客さん（マイ・イングリッシュ・カスタマー）、と流暢な英語で言った。時計の調子はいかがですか？　良い品を手に入れて、さぞかし満足なさっていらっしゃるでしょう。あなたは幸運な方ですな。

満足していないから返品させてくれと言っても、どうせ金は返してもらえないんだろう、とリーランドのほうもあくまで愛想良く応じる。

もちろんですとも。一度売ったものはもう引き取れませんよ。

そうだろうな、と呟きながらリーランドはまた左手の袖口を引き、手首に現われた腕時計をまじまじと見つめて何かを考えるふりをしてみせながら、

まあともかく……あれから二か月ほどにもなるのか、と呟いた。故障せずに一応作動しつづけているし、時刻はそんなには狂わない。そう、たしかに、良い買い物だった……のかもしれない。

「そんなには」や「かもしれない」に心持ち力を入れて強調し、必ずしも本心からの言葉ではないことを示す。

そう、あれはたしか二か月ほど前、摩羅上街（アッパー・ラスカー・ロウ）の路上に時計ばかり並べた屋台店を出していたこの男から、リーランドはその腕時計を買ったのだった。新旧、真贋、あれこれ取り混ぜた品揃えのようだったが、リーランドの関心はそのなかに盗品が紛れこんでいるかどうかということだけだった。リーランドの頭に入っているリストに掲載されている品はとにかくそこには一つもなかった。それさえ確かめれば、あとはもうぷいっと立ち去ってしまっても構わなかったのだが、暇そうに腕組みをして突っ立っていた、三十を少々出たばかりといった歳恰好のその男と何となく時計談義を始めて、あれやこれや手に取って見比べているうちに、よく目立つ場所に飾ってあったこのロレックスの贋造品を、つい衝動的に買ってしまったのだ。もっとも、売り手のほうはそれが贋物だとは最後の最後まで

言わなかったし、買い手のほうもそれが本物か贋物かを質問するような不粋なことはしなかった。こんな場所で本物のロレックスなど売っているはずなどないのは、お互い暗黙のうちに了解済みである。ちょうどその頃リーランドは、長年修理に修理を重ね、今にも駄目になりそうなのをだましだまし使いつづけてきた古い腕時計がとうとうおしゃかになって、少々不便していたときだった。

贋物のロレックスか……おれに似つかわしいかもしれないな、という気紛れな考えに不意に囚われたのだ。値段を訊いてみると、男はちょっと考えた後、本物の通常価格の恐らく十分の一ほどの数字を呟いた。もちろんそれでもリーランドにとってはえらく高い買い物である。その半額なら買ってもいいな、と反射的に言ってしまった瞬間までは、じつはリーランドもまだそんなに本気ではなく、遊び半分の気持ちだった。咄嗟に口から出てしまった冗談みたいなものだった。ところが男が即座ににっこりして、いいでしょうとあっさり応じてきたので、引っ込みがつかなくなってしまったのだ。

いやあ今日のところはやっぱり止めておくかな、まあ考えておくよ、などと当たり障りなくかわしてさっと立ち去ることはむろん出来た。ただ、男は目つきこそ鋭いが、いったん破顔すると何かどうにも憎めない、人の気持ちを惹きつけずにはおかない和らいだ表情になり、笑みにほころんだ目でこっちの顔を真っ直ぐ覗きこんできて、その巧まざる愛嬌がリーランドには妙に気持ちが良かった。ふだんは持ち歩かないほどの額の現金がその日はある事情でたまたま財布に入っていたという偶然も、リーランドの衝動の後押しをした。かくしてつい勇み足のようにして買ってしまった腕時計だが、模造品とはいえけっこう精巧な作りで出来栄えは良く、買ったことを決して後悔してはいない。ともかく男がリーランドを騙したわけではないのは事実である。その後リーランドが摩羅上街（アッパー・ラスカー・ロウ）に足を運ぶ機会は何度もあったが、その時計店の屋台が路上に出ていたのは結局そのとき一度かぎりのことだった。以来、男の姿を見かけることも今日のこの日まで絶えてなかった。

老酒をまたひと口啜りながらリーランドは、

あんた、もうあそこでの商売を止めてしまったのか、と訊いてみた。

止めてしまったわけではないけれど、この界隈には地元のやくざもいるし、何やかや面倒なことが持ち上がりましてね。今のところ四方八方、あっちこっちと折衝中です。わたしたちはここではよそ者ですので……。

ほう……。

新顔がここで店を張りつづけるのは何かと大変でね。そのうちどこか別のところで時計屋か宝石屋を始めるかもしれません。

そうかい。いやこの時計だが、正直なところ、けっこう気に入っている。たしかに良い買い物だった。先週会った日本人の友だちにも、良い時計をしているなと褒められたよ。

それを聞くと男の顔が、リーランドがよく覚えているあのどうにも憎めない、人懐っこ

い笑みにほころんで、
それを見て本物のロレックスだとその人が思ったのなら、まあよほど素直でお人好しのご仁ですな、と言った。

素直でお人好し……というやつでは、まあないな、と谷尾悠介の顔を思い浮かべながらリーランドは言った。

ははあ、では嫌みたっぷりにそう言った……のかな、と男はちょっと面白がっている表情になって言った。黙っていれば角を立てずに済む皮肉をわざわざ口にする、そういうことの好きな、難儀な性格のご仁ですか。

「外見というものは内実を裏切ることもっとも甚だしい」というシェイクスピアの言葉がどういう脈絡か、リーランドの心に不意に浮かんできた。あんた、良い時計をしているな……。谷尾の顔を思い出すと連想がついシェイクスピアに及ぶ。たしかあれは『ヴェニスの商人』の……さあ、誰のセリフだったか。外見を疑えというそのセリフはたしかその後、「世間とはいつも虚飾に欺かれるものだ」と続く。ザ・ワールド・イズ・スティル・ディシーヴド・ウィズ・オーナメント……。ロレックスの腕時計もそういう虚飾（オーナメント）の一つだろうか。

それにしても『ヴェニスの商人』はシェイクスピアの最高傑作だ、おれはつねづねそう思っていた……。いやあ、これまでの人生で、あっちこっちの劇場にかかった『ヴェニスの商人』をずいぶんの回数観てきたもんだ……。不思議なことにシェイクスピアの戯曲のなかでもなぜか『ヴェニスの商人』だけは、どんな下手糞な素人劇団が演じようが演出が凡庸だろうがそれなりにけっこうさまになる、それなりに面白く観られる。これが『ハムレット』だの何だのになると大根役者が演じた舞台は目も当てられない惨状を呈するものだが……。卓の脇に立っている露店商の男の存在を忘れてしまったわけではないけれど、リーランドの思いはとりとめもなくどんどん脇道に逸れてゆく。どうやら老酒の酔いが回りはじめているようだった。

ふん、難儀な性格……とリーランドはぼんやりと言った。それもあろうが、そいつはね、紛いもののロレックスがおれにお似合いだと、まあそう言いたかっただけなんだろう。で、それはおれ自身もそう思っていることだから別にいいんだ。

男は何か思案しているような顔でちょっと黙りこんだ。それから、

いや、ちょっと考えただけなんですが、とためらうような口調で言った。失礼ながら、何か暇そうにしていらっしゃるとお見受けしましたのでね。わたしたちはこれから夕食なんです。で、たまには少々豪勢にやろうかなと、今夜は何となくそんな心積もりでおりまして……。それで、もしよろしかったらあちらでご一緒にいかがかな、と。

男はさっきまで老人と向かい合っていた隅の卓のほうを手で指し示した。

ロレックスを買ってくださったことへのお礼の気持ちを示したくもあり……。いや、こ

こでどなたかと待ち合わせだとか、この後のご予定があるとか、もしそういうご事情でもあればまた別の機会にと思いますが。

　リーランドは数秒間、黙って男の目を見つめた後で、

　それは願ってもないお誘いだ、と言った。有難くお受けしたいが……ただ、豪勢とか何とか言ったかね？　ここはとうていそんな料理を出すような店じゃあないだろう。

　この店は初めてでいらっしゃる？

　リーランドが頷くと、男は含み笑いをしながら、

　そうですか。じゃあご存じないのですね。この百龍餐館は知る人ぞ知る、とんでもない名店でね。

　ええっ、名店……そうはとうてい見えんぜ。おれは雨のなかを歩くのに疲れきっていて、たまたまこの前を通りかかったんでひょいと飛びこんできただけだ。看板も剝げてるし、よっぽど止めようかと思ったが……。

　それは何と、幸運なお方だ……あ、さっきもそう言いましたな。では、この機会にぜひ陳（チェン）さんの作る料理を賞味していってください。この店で餃子なんか食べることはないですよ。まあ餃子だってきっと旨いに違いないけれど……。

　陳（チェン）さん？　ひょっとして入り口のところでおれが会った、ざんばら髪の爺さんのことか？　いやあ、あれがそんな大した料理人とは、どうにも……。

爺さんってほどのお歳でもないのですよ、陳（チェン）さんは。髪がたしかに白くなりかけてるけど、いろいろ大変な人生をおくって苦労してきた方だと聞いてます。さ、それではどうぞ。連れをご紹介しますので……。

それでリーランドは立ち上がり、席を移ることになった。老人と目礼を交わしながら若い男の隣りの席に腰を下ろし、名前を言い、ロイター通信社に勤めていると自己紹介した。それまでまだ何も食べずビールを飲んでいただけらしい二人の中国人のほうも、若いほうは沈昊（シェン・ハオ）、老人のほうは馮篤生（フォン・ドゥーション）とそれぞれ名乗った。

ミスター・リーランド、お付き合いくださってたいへん嬉しいのです、と馮（フォン）老人が先ほどリーランドを品定めするようにじろじろ見ていたときの冷たい無表情とはうって変わった愛想の良い笑顔で言った。この老人も沈（シェン）に劣らず流暢な英語を話す。じつは、よく肥えた立派な鯉が手に入ったという陳大人（チェンダーレン）の話でね。一尾まるまる揚げてくれると言うんだが、二人ではちょっと食べきれないだろう、困ったなという話をしていたのです。お手伝いくださると有難い。

それはそれは……とリーランドもにこやかに応じた。思いがけないご馳走（フィースト）にありつけることになって、わたしのほうこそ非常に嬉しく、また光栄に思います。

ではぼくはちょっと失礼して、と言いながら沈（シェン）が腰を上げた。下へ行って陳（チェン）さんと献立の相談をしてきますので。

沈が階下に去るとリーランドは、

「そうですか、ここが鯉の丸揚げなんかが出てくるような店だとはね、まったく思ってもみなかった、と改めてことさらな嘆声を上げてみせた。

「店構えだけ見れば当然ですよね、と馮が答える。あの寂れようを前にしたら一見さんはまず入ってきませんよ。いやそもそも、陳大人は商売っ気というものがまったくない男でね、一見の客が何か勘違いして店に飛びこんできても、にべもなく追い返してしまうことが多いようです。一方、馴染み客はと言えば、大事な隠れ処を荒らされたくないからじっと口を噤んで、この店の存在を滅多な他人に教えようとしない。それで、この店の評判が広がって碌でもない連中が押し寄せるということもない。あなたは追い返されなくてよかったですねえ。

「そう、こんな風体の男なのに、とリーランドは、階下で会った陳が自分に向けてきた探るような視線を思い出しながら自嘲的に言った。

着古したレインコート、着古したツイードのジャケット、襟の内側に垢汚れがこびりついたワイシャツのボタンはうえから二つ目まで外し、だから当然ネクタイは締めていない、手入れもしていないもじゃもじゃ髭を生やした、見るからに自堕落で金を持ってなさそうなこんな五十男なのに――というのがリーランドの言葉の意味で、それは相手の老人にも正確に伝わった。

いや、陳大人が客を選ぶ基準には何か独特なものがあるらしい。上流階級だから、金持ちだから、身なりがいいから相手にするというのとはどうも全然違うようで……。まあ、わたしなどには結局よくわからないんですがね。ところで、あなたは通信社にお勤めだということだから、われわれの耳には入ってこないようないろんな情報をお持ちでしょう。どうなんですか、日本はいったいいつジン・ドリンカーズ・ラインを突破して香港に攻めこんでくるのか。

重い話題をいきなり振られてリーランドは一瞬たじろいだ。時間稼ぎのようにとりあえず老酒のコップを口元に持っていき、その黄色い液体の表面に目を落としたが、結局飲まずにコップをまた卓上に戻し、

いや、わたしは通信社勤めと言っても下っ端の非正規職員なんでね、とぼそぼそと言った。あんたがたが新聞で読むような程度のことしか知りゃあしませんよ。ジン・ドリンカーズ・ラインを突破、ねえ……。しかし、もし仮に戦端が開かれるにしても、ラインのこっち側は強力装備のわがイギリス軍ががっちりと固めている。日本軍は、弱っちろい蔣介石の軍隊相手にここまで連戦連勝で、いい気になっているのかもしれないが、ロイヤル・スコット兵団を相手にするとなると話はまったく別です。わが軍は死に物狂いになって戦うでしょう。結局、日本軍は撃退されて深圳に押し戻されるのが関の山ではないか……。

馮が何か言いかけようとしたとき、大皿と取り皿三枚を手にした沈が階段を昇って戻っ

てきて、
　どうもぼくが給仕をやってしまったほうが早いようなんでね、と言った。これは冷製の盛り合わせです。滷胗肝(ルージェンガン)つまり鶏の砂肝の醤油煮と、香腸(シアンチャン)つまり腸詰、それに香菜(シアンツァイ)を添えてある。リーランドさん、老酒はやっぱりお燗がいいですか？　ぼくらは常温のやつを飲みますが。

　わたしも常温でもらうかな。もうだいぶ体が温まってきたのでね、とリーランドは答えた。沈(シェン)が階段のうえから階下に向かって声を張り、老酒を命じると、あの小娘がほどなくそれを運んできた。

　では、まあ乾杯しましょう、と沈(シェン)が言った。思いがけないところで再会できて、また、お近づきになれて嬉しいかぎり。

　リーランドもにっこりして盃を上げ、それからすぐ大皿に箸を伸ばした。砂肝も腸詰も旨かった。砂肝は八角や肉桂の風味がよく効いて、固すぎず柔らかすぎずの絶妙な歯触り加減に熱を通してある。腸詰は豚肉と一緒に、ふつう腸詰にはあまり用いられない鴨肉も混ぜてミンチにしたものを材料にしているという。

「ここではよそ者」とか「新顔」とか、あんたはさっき言っていたけれど、とリーランドは沈(シェン)に水を向けてみた。

　そう、ぼくらはじつはもともと上海の人間でしてね、と沈(シェン)は言った。

沈（シェン）と馮（フォン）は上海でアンティーク時計の売買をはじめとしていくつかの事業を営んでいたが、二年ほど前、きな臭い空気が立ち籠めてきた上海に見切りをつけ、そこでの生活を畳んで香港へ移ってきたのだという。ここ数年来、そういう移住者の流入で香港の人口が膨れ上がる一方であることをリーランドはよく知っていた。しかしこの二人はいったいどういう関係なのか。「いくつかの事業」と沈（シェン）は曖昧に言い、それ以上の説明はしないので、商売の内容は不明だが、とにかくその事業の上司と部下、あるいは共同経営者みたいなものか。しかし、たんにビジネス上の関係というよりもう少し親密な空気が二人のあいだに漂っているようにリーランドは感じた。ひょっとしたら親子かなという想像が当初はちょっと閃かなくもなかった。あるいは祖父と孫か。どちらでもありうる微妙な歳の差……七十代半ばの男と三十代に入ったばかりの男……二人の歳のちょうど中間あたりに、今年五十七歳になるおれが位置することになるわけか。しかしともかく姓が違うのだから、沈（シェン）は馮（フォン）の息子でも孫でもないのだろう。それに間近からよくよく顔立ちを見比べると、血の繋がりはやはりなさそうだ。

　上海ですか……。上海は今どういう感じになってるんですかね、とリーランドは訊いてみた。

　そうですね、どう言ったものかな、と沈（シェン）が話し出した。上海には共同租界、インターナショナル・セツルメントというものがありまして……もちろんご存じですよね。蔣介石の国民政府の統治からは独立した一画で、ぼくらもそこの住民だったわけですが、この租界を運営しているのは、イギリス人、アメリカ人、日本人からなる参事会員が統括する工部局という組織です。四年前に第二次上海事変が起きて、日本と中国のあいだに本格的な戦闘が始まっても、日本軍は表向きは租界内部には手が出せない。だから一応、平時の日常生活が継続してはいたのです。が、租界内部の緊張感は高まる一方で、内圧の上昇がある一点を超えれば、租界の自治、独立なんてものはただちにぺしゃりと潰れてしまいそうな、そんな状況になってきた。それが、ぼくらが上海を捨てて移住に踏みきった二年前のことで、今ではその内圧もますます高まっているでしょうな。想像するだに恐ろしい。

そうでしょうね、とリーランドは言った。で、こっちに移って来られて、上海での事業をこっちでも継続なさるわけですか。

もちろんそのつもりでいるのですが、と話を引き取って馮（フォン）が言った。ただ、この土地にはこの土地独特のルールや慣習がありますからね。それを受け入れ、それに慣れ親しむことから始めなくちゃならない。わたしのような老人にはそれがけっこう大変でね。まず言語が違う。わたしどもは広東語は話せません。しかしまあ、こっちにも係累だの親しい友人知人だのがいないわけではない。そうした人々の助力を得て何とか道を切り拓いていこうとしているところです。

あのね、とリーランドは言いかけて少々ためらい、しかし酒の酔いも手伝って、もうい

いか、この夕食の席へは向こうから誘ってきたのだし、言いたいことは何でも言ってしまえと腹を決めて、

　さっきアンティーク時計の売買と言われたけれど、このロレックスは——リーランドは自分のはめている時計をとんとんと指で叩いてみせた——どうもね、筋の良い、由緒正しい、ちゃんとした品ではないような気がしますがね。

　すると沈(シェン)と馮(フォン)はちらりと顔を見合わせ、二人ともどもかすかな苦笑を浮かべた。

　そう、それはね、あなたのおっしゃる通り、と沈(シェン)が言った。誤解されると困るのですが、上海時代のぼくらはね、そういうものは扱っていなかったんですよ。しかし、「ひとたびローマに身を置けばローマ人のごとく振る舞え」という俚諺(りげん)もある……。この馮(フォン)さんは、そういうローマ人流の商法をとても嫌がっているのですがね、何しろこの方は、矜持の高い、美意識の鋭い、筋金入りの骨董の専門家で、時計というものじたいへの愛がとても深い方なのでね。馮(フォン)さんの反対を押し切って、そのロレックスなんぞをあの屋台の陳列棚に麗々しく並べてみたのはぼくの発案でした。でも、やっぱり止めたほうがよかったのかもしれない……。

　馮(フォン)はふふっと笑っている。

　でもまあ、いいんじゃないですか、とリーランドが言った。摩羅上街(アッパー・ラスカー・ロウ)というのはそういうところだよ、何しろキャット・ストリートなんだから、ネズミもちょろちょろする

し、それを狙って猫どもも徘徊する、と言葉を継ぎ、しかし贋物を摑まされた客のほうから、摑ませた商人の気持ちを宥めるような、執りなすようなそんな言葉を口にするのも、考えてみれば何か妙なことだった。

いや、念のために言っておきますが、リーランドさん、と沈（シェン）が少々色をなした声音で言った。そのロレックスはね、本当に、間違いなく、お買い得の品ではあったのですよ。じつのところ、あなたが払ったのはこっちの仕入れ値にはまったく届かない額だったのでね。ぼくとしても、何か気が咎めていたのですかねえ、この人柄の良さそうなイギリス人が欲しいと言ってくれるなら、まあいいか、厄祓いだ、原価割れで叩き売ってしまえ、とつい衝動的にね……。

そうまで言われてはリーランドもまた苦笑するほかなかった。

あの屋台店はですね、と沈（シェン）が言葉を継いだ。そういうロレックスだの、あるいは見るからにいかがわしいパテック・フィリップだのオーデマ・ピゲだのを並べてみるといった、そんなことまで含めて、まあ実験というか小手調べというか、観測気球を上げてみるというのか、そんなつもりで摩羅上街（アッパー・ラスカー・ロウ）に出してみたものでした。しかし、さっきも言いましたが、あんな小さなぼろ屋台にさえ因縁をつけてくるようなけち臭い手合いがいる。意地の突っ張り合い、縄張りの奪い合いみたいな浅ましい角逐は、どの土地にもありますからね。

いやそれはまあいいんだ、と馮が口を挟んできた。そういう地元のいざこざは、話し合いを重ねてね、出すべき金は惜しまず出してね、根気良く妥協点を探っていけば最終的にはどうにか解決してゆくものです。さっきも言ったが、わたしらにもこっちに係累や友人がいて味方になってくれるしね。それより問題なのはやっぱり戦争ですよ。これぱかりは地震とか津波とか大竜巻みたいな巨大な自然災害と同じで、われわれ庶民にはどうにもならない……。

そこへ次の皿が運ばれてきた。

生炒鶏絲、鶏の胸肉をせん切りにして炒めたものです、と沈が言った。

鶏肉の旨みが引き立つあっさりした塩味で、その淡白さと、熟成した老酒の味わいの濃厚さとの取り合わせが絶妙だった。鶏肉のふっくらした食感がまずあり、同時にこれもやはりせん切りにした何かのキノコのしゃきしゃきした歯触りがあって、その両者が口中で混じり合うのが何とも快い。マコモダケと黄ニラを一緒に炒めてあるのです、と沈は説明した。

イギリス軍は日本軍を撃退するだろう、とリーランドさんは言われるんだがね、と馮が沈に言った。さあどうなんだろう、わたしはどうもそういう楽観的な見通しは持てないのだが……。

ぼくも悲観的ですね、と沈が言った。ロイヤル・スコット兵団は丸っきりたるんでいますよ。

いやいや、いったん風雲急を告げればですね、彼らも死に物狂いになって——とリーランドが言いかけると、それを遮って沈が、
死に物狂いになってなだれこんでくるのは、日本人のほうですよ、と吐き棄てるように言った。いいですか、リーランドさん、日本という国は今やもう、いい加減、後がない。崖っぷちに追いつめられていると言ってもいい。一か八か、のるかそるか、乾坤一擲の賭けに出るでしょう。だって、それしか残されていないんだから。そうなるとあの民族はけっこう怖いですよ。合理主義も現実主義も蹴散らかし、神がかりになって突っ走ってくるところがある。とくにここ十年かそこら、あの国ではエンペラーが神様みたいに祀り上げられて、狂信的な愛国主義が急速に台頭してきた。自分が死ぬことなど屁とも思わないような兵隊が、天皇陛下万歳と絶叫しながら突っこんでくる……。

リーランドは谷尾をはじめ香港で知り合いになった日本人の誰かれの顔を思い浮かべ、沈の言うこともあまりに極端な、性急で一面的な戯画でしかなかろうと考えたが、少し首をかしげてとりあえず黙ったままでいた。

香港はともかく貴国の植民地だ、とこんどは馮が淡々と言い出した。香港に来れば貴国の庇護の下に一応平穏に暮らせるだろうと、わたしどもはまあそう考えたわけですよ。ところがその後日本軍は中国沿岸を南下して侵攻をつづけ、とうとう香港と国境を接する深

圳を占領するに至った。上海では、日本軍は共同租界の内部までは手を出せず、租界の四囲をぐるりと包囲して駐屯しつづけていた。兵力を誇示し、威嚇し、恫喝しながらね。そういう状況は基本的には今も変わっていないでしょう。その息苦しさに耐えかねてわたしどもは移住を決行したわけですが、何のことはない、二年経ってこの香港も同じような状況になってしまった。で、あとは、「いつ」という問いだけが残ることになる。日本軍はいつ攻めこんでくるのか、という。開戦はもう来年早々あたりに迫っているのか、それとも……。

その問いは先週、ペニンシュラ・ホテルの広東料理のレストランで谷尾と黄(ホアン)と夕食を取った晩も、誰一人それを表立って口にすることのないまま、しかし三人のあいだの中空にずっと、しぶとく、鬱陶しく、頑なに浮遊しつづけていた問いだった。いつ、いつ、いつ……さあ、どうなのだろう。

あのね、ミスター・リーランド、イギリスにとって日本は今、何なのですかね、と馮(フォン)が尋ねてきた。やはり、敵国ですか。

いやいや、まさか、とリーランドは言った。友邦ですよ、もちろん。

いや、そんなタテマエ上の話はどうでもいいのです、と馮(フォン)は右手を自分の顔の前でひらひらと振りながら言った。そりゃあ、戦争状態にないかぎり、貴国にとってはどの国だって友邦でしょう。だが、人間の友人同士の間柄だって、相手によってそれぞれ友情の温度差というものがある。日英間で、その温度の具合はどうなのか。敵でなければ友、友でなければ敵といった排他的な二者択一なんぞ、子供の思想です。どの国だって友邦、というのは、見方を変えれば、どの国だって潜在的敵国、ということでもある。違いますか？

ふん、おっしゃる通り、とリーランドはつまらなそうな表情で言った。そりゃあまあ、そうなんだが、んん……潜在的敵国ねえ……どうなんでしょうな。ただ、イギリスと日本のあいだにも、かつては蜜月時代があったわけです。

日英同盟ですね、と沈（シェン）が言った。

そう、アングロ・ジャパニーズ・アライアンス、あれは端的な軍事同盟、すなわち攻守同盟条約だった。まあ要するに、親友同士と言ってもいいような仲ですな。日露戦争の前の話ですけどね。締結されたのはたしか一九〇二年でしたか。不凍港を求めて南下政策をとっていたロシア帝国の極東進出に、日本もイギリスも、ともに脅威を感じていた。そこで、対ロシアということで利害が一致して、では友だちになりましょうと握手を交わした、まあそういうことです。で、案の定、まもなく日露戦争が起こり、その後もあれやこれやいろんなことがあり、世界大戦、ロシア革命……。日英同盟は第二次、第三次と、二回更新されたものの、結局は解消されてしまった。まあ、アメリカの意向が強く働いたのがその理由の一つでしょうな。アメリカはともかく、いろんな問題で日本と利害が対立していたからねえ。で、なあおまえら、日本と仲良くするのはいい加減にしたらどうなんだと、われわれに捩じ込んできた……。

日英同盟の解消はもうずいぶん昔の話でしょう、と馮（フォン）が口を挟んできた。

一九二三年のことです、とリーランドは言った。まあそうですね、それからもう……おっしゃる通り、二十年近く経ってはいて……。

そのとき小姐（シアオジエ）が両手に一つずつ大皿を持って、少々危なっかしい足取りで階段を昇ってきた。

卵と上海蟹の炒めもの、芙蓉青蟹（フーロンチンシエ）と、青梗菜（チンゲンツアイ）と椎茸とたけのこの煮込み、生炒菜心（ションチャオツアイシン）です、と沈（シェン）が言った。

とろりと柔らかな卵に溶け合った蟹肉の玄妙な味わいを讃える嘆声が、三人の口からそれぞれに洩れ、政治の話はしばらく頓挫した。

しかしねえ、蟹はやっぱり上海で食ってたやつのほうが美味しかったような気がしてならないんだ、と馮（フォン）が言った。

いや、これはこれで相当旨いですよ、と沈（シェン）が言った。この蟹は香港産と陳（チェン）さんは言ってましたがね。味は浙江省の産に劣らないとぼくは思うな。

ううむ……と声にならない声を発して馮（フォン）は遠くを見る目になった。ほら、上海の競馬場から、愛文義路（アヴェニュー・ロード）へ向かって少し北上したあたりに、蟹の旨いレストランがあったじゃないか。

はいはい、ありました、ありました、蟹の季節になると予約をとるのがもの凄く難しくなるあの小さなレストランね。ぼくもよく通ったもんです。懐かしいですねえ。

まだ閉店せずに頑張ってくれているといいんだがな。あのレストラン、店名は何と言ったか……。

馮（フォン）と沈（シエン）がそんな思い出話をしているのを聞きながら、リーランドは酔いに霞んだ頭で、そう、日英同盟はもはや牧歌的な過去の記憶でしかない、とぼんやりと考えていた。この二〇世紀の、ますます加速しつつ変幻自在に進展してゆく国際情勢に関するかぎり、二十年前というのははるか太古の大昔である。今さら日英同盟の時代を懐かしんでも何の意味もないことくらい、リーランド自身よくよく心得ていた。時間稼ぎというのか、馮（フォン）の質問に真正面から向かい合うことを避けるために、目下の現実から遠い言葉を頭に浮かぶはしから、あれこれ、あれこれこれ並べてみただけだ。

　イギリスにとって日本は今、いったい何なのか？　そう、何なのだろう、とリーランドは改めて自問してみたが、考えがうまくまとまらなかった。潜在的敵国という先ほどの馮（フォン）の言葉を宜（うべな）ってしまえば、話は簡単になる。しかし、あえてその言葉を使わずに、友邦という美辞麗句のほうに固執したい気持ちがリーランドにはあった。先週、ペニンシュラ・ホテルで谷尾がおれから目を逸らしながら「いやいや、イギリスはね、わが国の友邦だから……」と呟いたのも、今のおれと同じ気持ちからのことではなかったか。友邦だから、友邦だから……記憶のなかで響いている谷尾の言葉をぼんやりと反芻しつづけているリーランドの内心の呟きが、我知らず声になって洩れてしまったようで、それを聞きつけた馮が、二十年経って、今やもう友邦どころか、赤の他人になってしまったかもしれない、とぽつりと言った。

かもしれない、とリーランドも頷いた。

そもそも同盟なんて言うけれど、と馮が皮肉な笑みに口の端を歪めて言葉を継いだ。同盟ねえ……。われわれ中国人は同盟なんてものを、そういう観念そのものを、もともとあんまり信じていないからねえ。ナントカ同盟を結ぶ、相互ナントカ協定に調印する、一応そういうことも、そりゃあする。しないわけではないけれど、そんなのは形ばかりのことと高を括っているところがある。信用できるのは、面突き合わせて気持ちをぶつけ合った個人だけ、と思っているところがある。

そう、たしかにね、とリーランドは素直に応じた。それはわたしもいろんな機会に思い知らされてきましたね。香港に来てもう十数年も経つけれど、いろんな場面で経験してきましたね、あんたがた民族の、そういう……ものの感じかたは。

あんたがた民族の、そういうふてぶてしさ、図太さは——と本当は言いたいところだが、そうはっきり言うわけにもいかない。

つまりですね、と沈が言った。端的に言ってしまえば、ぼくらの関心は、要するにこの香港はどうなるのかという、たんにそれだけのことなんです。おっしゃったように、アメリカと日本のあいだには根深い利害の対立があり、今それは二十年前とは比べものにならないくらい深刻な溝になってきている。もし戦争が起こるとしたら、日本とアメリカのあいだででしょう。一方、日本は現在、中国への侵攻にかかりきりになっていて、局地戦ではもちろんいたるところで日本軍が優勢ですが、局地戦で勝つということと、広大な中国全土を征服し支配することとはまったく別の話です。満州国建設あたりで満足しておけばまだしもよかったのに、日本軍は欲をかいて、戦線を拡大しつづけている。兵站の維持すらおぼつかないまま、退きどきを失って大陸にずるずると居据わりつづけている。中国を完全に屈服させる目途など立つはずがなく、戦況は泥沼化し膠着状態に陥っている。そういうさなかに、もう一つの戦争を——アメリカとの戦争をおっぱじめるなんてことは、傍目には狂気の沙汰以外の何ものでもない。ただ、さっきも言いましたがあの国は今、民心じたいが少々病的な躁状態に沸き立っているようで、そういう空気に衝き動かされて政府と軍がどんな常軌を逸した選択をするとも知れないところがある。また他方、アメリカというのもあれでなかなか老獪な国ですからねえ。

　そう、そこだ、良いポイントだ、こいつはなかなか頭が良いな、とリーランドは、俯いて蟹の咀嚼に注意を集中しているふりをしながら考えた。

　アメリカはここ数年、制裁だの封鎖だので日本を徐々に、ぎりぎりと締めつけてきた、首根っこを締め上げてきた、と沈（シェン）は言った。アメリカは、二進も三進も行かない土壇場まで日本を追い込んで、日本のほうから開戦に踏み切らざるをえないように、じわじわと仕向けている——どうやらそんな気配もないではない。そこでですね、では、もし日米戦争が勃発するとして、そのとき貴国、イギリスはどういう立場をとるのか、要するにそれなんです、ぼくらの関心は。いや本音を言えば、イギリスもイギリス人も、まあどうだっていいんだ、この香港がイギリス領でさえなければね。ただ、もし日本がアメリカとのあいだに戦端を開くとしたら、やはりこれはどう考えても、そのついでにイギリスにも宣戦布告することになるでしょう。香港にどっと攻めこんできた日本軍を、ロイヤル・スコット兵団が撃退できなかった場合——いやできないに決まっているとぼくは思うけれど、その場合、香港はいったいどういうことになるのか、どういう運命を辿るのか……。

こいつら、香港はどうなるのかという問いにおれが答えを持っているとでも思っているのか、という憤懣がリーランドの心に込み上げてきたが、それをとりあえず自制して、わたしはイギリス政府を代表してものを言えるような立場にはないのでね、と少々おどけた口調で言い返すだけの冷静さは酔いの深まった頭の片隅にまだ残っていた。その冷静さを保てたのは、ある直覚が頭をいきなりよぎったからでもある——そうか、恐怖なのだな、という直覚が。こいつらは、見た目以上にはるかに深く怯えているのだ。それは当然至極のことであり、そしてその怯えはリーランド自身のものでもあった。

リーランドが自分なりにそう納得した瞬間を狙い澄ますように、で、彭（ポン）とかいう男の消息についてはその後、何かわかりましたか、と馮（フォン）が不意に言った。

はあ、彭（ポン）……？　と、話の向きがいきなり変わったのでたじろいでいるといったふうの、とぼけた表情を浮かべてリーランドは訊き返したが、内心ではとうとう来たかと身構えた。

いや、沈（シェン）から聞いたのです。彼から腕時計を買ってくださったときあなたは、その彭（ポン）という男について何か知らないかと尋ねていらしたそうですね。

ああ、その彭（ポン）ですか……。そう、そうなのです。盗品売買に関わっているという評判が立っている、けちなチンピラでね。わたしはその手の、まあ香港のアンダーワールドというのか、そういった問題を追うように上から言われて、取材に当たっていたのですが、どうも地下に潜ってしまったようで、結局そいつには今にいたるまで会えないままなんですよ。そのうちわたしのほうも結局、興味を失ってしまいまして……。

そうですか、と馮（フォン）はやや切り口上に小声で言い、そのまま黙ってしまった。沈（シェン）も黙ったままでいる。いささか不自然な感じの沈黙が三人のあいだに垂れこめた。

リーランドの言葉はほぼ事実だった——最後の、自分のほうも興味を失ってしまってというところを除けば。じつは、リーランドはまさに今日の今日も、午後いっぱいかけて、その彭（ポン）の消息に探りを入れるために、摩羅上街（アッパー・ラスカー・ロウ）のあっちこっちの知り合いを訪ね、長尻をして、世間話のような馬鹿話のような、益体もないお喋りをして回っていたのだ。そうしながら、これは習い性になってしまった半ば無意識のいつもの行動だが、店頭で売りに出ている品々にも、無関心を装いつつ細かく目を光らせ、盗品が紛れ込んでいないかどうかチェックしていった。主立った盗品とその特徴を記載した、毎週更新される何十ページものリストは完全に頭に入っているのでいちいち参照する必要はない。

彭（ポン）なにがしはこのキャット・ストリートにちらちら出没し、ちゃちなゆすりなどで小金を稼いでいる半端なやくざ者だった。ともかくとりあえずはそういう評判で通っている小悪党だった。リーランドはその彭（ポン）が大掛かりな盗品の横流しに絡んでいるという情報を得て、それが事実であることはほぼ間違いなかったが、その男をすぐにはあげずに当面のあいだ泳がせておくつもりでいた。そいつの動向をそれとなく監視しながら、この小物をマリオネット人形のように背後から糸で操っている組織の内部に、徐々に探りを入れてゆくつもりでいた。ところがその矢先、彭（ポン）はふっと姿を消してしまい、今でも行方知れずのままだ。ひょっとしたら彭（ポン）に向かって少しずつ網を絞ろうとしていたリーランドの動きのほうこそむしろ向こうから「それとなく監視」されていて、それで彭（ポン）は何らかのかたちで組織から切られてしまったのかもしれなかった。

屋台店を出していた沈（シェン）からロレックスを買ったのは、たしかに彭（ポン）が失踪した直後のことだった。あの日リーランドが摩羅上街（アッパー・ラスカー・ロウ）を徘徊していて偶然沈（シェン）の屋台店に行き当たったのも、彭（ポン）の消息に関する訊き込みの途中でのことだった。
　リーランドは沈黙を破って、
　この土地のアンダーワールドもなかなか剣呑らしいのでね、まあ近寄らないに越したことはないでしょうな、と当たり障りのない一般論にもっともらしい顔で話を落とし、老酒をまたひと口啜った。
　そうでしょうね、と何か上の空のように馮（フォン）は呟き、放心した表情で視線を横に逸らした。
　また沈黙が下りた。こんどはそれを相手に破らせようと思い、リーランドはじっと口を噤んだまま、コップのなかのもう残り少なくなった老酒の表面に目を落としていた。すると、やがて馮（フォン）が、
　何だかね、ちょっと噂で聞いただけなのですが……リーランドさんはロイター通信社に入社する前は、香港政庁に勤める官吏でいらっしゃったそうで、とさりげない自然な口調を変えないまま言った。それも、たしか貿易部に勤務ということでしたね。だとすると、出所の怪しいブツが国境を越えて出ていったり、逆に入ってきたり、そういうことに関心を持つのもお仕事の一環だったのかな、と。彭（ポン）とかいう男の跡を追っていらしたのもそういう流れでのことではなかったのかな、と、わたしはね……。
　この二人組のここまでの言葉の調子や挙措のはしばしから、何かそんなことではないかとうすうす察していたので、卓について自己紹介する以前に二人がじつは自分の身元を把

握していたのだと知らされても、リーランドにはさしたる驚きはなかった。ブレント・リーランドという名前も二人はもちろん最初から知っていたに違いない。ただ、この時点に至って馮(フォン)がそれをあっさり明かしてきたのにはいささかたじろがざるをえなかった。これはいったいどんな魂胆からのことなのか。

そう、おっしゃる通り、密輸の監視や取り締まりは香港政庁貿易部の管轄です、とリーランドも馮(フォン)と同じような平坦な声音で淡々と言った。わたしがそこの職員だったのもおっしゃる通り。ただ、わたしは官吏としては失格の烙印を押されてしまった情けない男でね。どうもね、組織のなかで上手くやってゆくということが生来苦手な性(たち)なんでしょうな。上司や同僚と衝突を繰り返した挙げ句、四か月ほどまえに辞表を叩きつけて、政庁とはおさらばして、いやあ、せいせいしましたよ。ただ、衝動的に辞めてしまったんで、正直に言えば後になってちょっぴり後悔しなくもなかったが、ロイター通信社の知り合いが拾ってくれたんで、まあ助かりました。ロイターがお情けで回してくれる半端仕事の取材や何やかやをやらせてもらい、何とか食いつないでいるというのが現状です。彭(ポン)の件もそこから来たもので、香港政庁とは無関係なんです。

なるほど、と馮(フォン)が言ったが、その「なるほど(オー・アイ・シー)」は、自分はあんたの言うことをまったく信用していませんよ、という言外のメッセージをことさら明瞭に伝えてくる声音で発せられた言葉だった。こういう声音で「なるほど」を言えるのはやっぱり年の功というものか、こいつは何とも喰えない爺いだな、古狸だな、沈(シエン)のほうにはまだとうてい出来ない芸当だろう、とリーランドは思った。

　恐らく沈(シエン)はあの日贋物のロレックスをぽんと現金で買っていったおれの顔を見覚えていて、何か好奇心を刺激されるものがあり、どうやってかわからないが後になっておれの身元を調べ上げたに違いない。ひょっとしたらあの日以来、おれの摩羅上街(アッパー・ラスカー・ロウ)での動静は逐一マークされていたのかもしれない。いやじつのところ今日だって、おれは午後中ずっと尾行されていたのでは……。ひょっとしたらこの百龍餐館という珍妙な食堂に沈(シエン)と馮(フォン)の二人は先回りし、おれを待ち伏せしていたのでは……。外見は内実を裏切る……。そんな疑いさえ頭をちらりとよぎったが、いやいやまさかとリーランドは自分の疑心暗鬼に苦笑した。おれがこの食堂に飛びこんできたのはあくまで偶然だ、過ぎた勘ぐりは心の健康と平衡を損なうぞ、と自分に言い聞かせた。

　リーランドはここ数年、ずいぶん手間ひまをかけ、ほどほどに金も使って、摩羅上街(アッパー・ラスカー・ロウ)の古道具商のあいだの人脈を広げてきた。高級店とシート掛けの屋台店とを問わず、リーランドが顔馴染みになった商人の数は多い。以前の彼の名刺に書いてあった肩書は馮(フォン)が言った通り香港政庁の職員というもので、それを見せるとお上とのあいだの揉めごとを恐れるこの界隈の大概の商人は、へつらうとまでは行かないにしてもとりあえず作り笑いにお世辞たらたらという対応になる。だからと言ってリーランドはお上の威光を見せつけて威張りくさるわけでもなく、大して懐が温かいわけでもない酔狂な骨董好きのイギリス人という役柄をおとなしく演じつづけたから、商人たちのあいだでの受けは良かった。

貿易部勤務のリーランドを見込んで何やかや相談ごとを持ちこんでくる者がいれば、物品の輸出入の手続きに関して事細かに助言してやるといった親切は惜しまなかった。ときたま貿易部職員に何か違法な便宜をはかってもらおうと当てこんで、大金をちらつかせてくるやつもいたが、それはその場ではやんわり断ったうえで、そういう手合いの情報を自分が発信したとは知れないように配慮しつつ警察の然るべき部署に流した。

小姐（シアオジエ）が盆に鉢を三つのせて運んできた。

魷魚湯蝦丸（ヨウユータンシアワン）、海老団子といかのスープです、と沈（シエン）。この後はいよいよクライマックスの鯉の丸揚げで、それにかかっている餡がけっこう濃厚なんで、そのための前奏曲と言いますかね、スープは淡白な塩味にしてもらいました。

海老のすり身を固めた団子も、柔らかく煮てあるがしゃっきりした歯触りを失っていないいかの切り身も、じつに旨い。スープは沈（シエン）はあんなことを言ったがその前口上を裏切ってむしろこってりした味つけではないかと、リーランドは最初のひと口では感じたが、スープが咽喉もとを通り過ぎて胃に収まると、口中に残った後味はたしかにあっさりしていて爽やかだった。特殊な香辛料が使われているとも思えないのに、どういう秘法によってこういう風味が実現できるのか。

そんなことをとりとめもなく考えていると、馮（フォン）が穏やかな口調でさらに追い打ちをかけてきた。

世間の人はいろんなことを言うもんでね、ミスター・リーランドについても、ちょっとした噂の数々を喋々（ちょうちょう）するやからがいるようで……。

はあ、ちょっとした噂……ですか。良い噂だといいのですが。

うーん、良いのか悪いのかわからないが……たとえば、リーランドという男、この数か月来ロイター通信社に籍を置いているのは事実のようだが、それは隠れ蓑みたいなもので、じつは相変わらず香港政庁の仕事を続けているのではないか、とか。

ははあ、そりゃまた……。

密輸団の捜査と摘発がやり易いように、表向き、政庁を辞職したという体裁を取り繕っただけではないか、とか。いやそれだけではない。さらにはですね、たしかに政庁に長年籍を置いていたが、香港政庁貿易部職員というその肩書じたいもじつはやっぱり隠れ蓑にすぎなかった、その正体はと言えば何と……イギリスの本国政府直属の、インテリジェンス関係の調査員ではないか、とか。あるいはかなり高位の情報将校なのでは、とか。

ほう……いや、ほんとに世間ってのはいろんなことを言うもんだ。想像力のたくましい人たちがいるんですねえ。呆気にとられてしまいます。

オー・アイ・シー、と馮がまた言った。
ちょっとした噂、ねえ……とリーランドは小声で呟き、いやはやと首を振り、面白い冗談を聞いたねと相槌を求める共犯者のような笑顔を沈に向けた。沈も無言のままやはり笑顔でリーランドを見返してきたが、それはいかなる意味も感情も伝えてこない笑顔だった。口元では笑っているが目つきにはあの鋭さがまた戻ってきている。リーランドは自分の顎鬚のあいだを指先で掻きながら、
そうですか、何と奇異なることを……。いやいや、これでね、案外、たとえば馮さんたちご自身にしてからが……と言いさし、次の瞬間、不意におどけた顔になるや、頓狂な甲高い声色を取り繕って、——「上海から移住してきた時計商の馮とか沈とかってのがいるだろ?」「ああ、いるねえ」「あいつら、時計商なんて自称しているが、それは隠れ蓑で、正体は何と、毛沢東率いる中国共産党の紅軍のスパイだという話だよ」「ふーん、そうかい」「香港の赤化をもくろむ地下組織があって、その活動のてこ入れに送りこまれてきたんだそうだ、怖いねえ」「へえ、人は見かけによらないもんだ」——なんてね、そんな「ちょっとした噂」があるかもしれない。そんなことを言い合って笑っている連中だって、案外いるかもしれませんよ。
リーランドの小芝居が終わると馮は、
それは面白い、と微笑して言った。面白いなどとはかけらも思っていないことを相手に

直截に思い知らせるべく、入念に作り込まれた冷たい微笑である。

　出まかせを並べているあいだも、今や酔いがかなり醒めたリーランドの頭は忙しく働き、彭（ポン）とその失踪をめぐるここ数か月来の成り行きをあれこれ思い起こしていた。輸出入に関するちょっとした脱税行為だの、それをたくらむイカサマ業者だのは、香港警察に任せておけばいいことだった。リーランドの最優先の関心は香港の治安や法秩序の維持ではなく、イギリスの国益そのものにあった。その使命が警察のそれと衝突することも時としてなくはない。彼がここ数年ずっと追いかけていたのは対英の破壊活動（サボタージュ）をもくろむ狂信者の一団で、そこに武器専門の密輸組織も絡んでおり、一見たんなるけちな故買屋、ないしその手先と見えた彭（ポン）だが、じつはこの男から始めて因縁の糸を手繰ってゆくとしまいにはこうした本当に剣呑な連中に繋がってゆくに違いないという直感がリーランドにはあった。その彭（ポン）がふっとかき消えてしまった。手繰ってゆくべき糸を失ったのは残念は残念だったが、小悪党の失踪など香港の暗黒街ではよく起こることで、それじたいはつまらない小事件にすぎない。リーランドの懸念はむしろ、その小事件のきっかけになったのが自分の存在なのではないかという点にあった。おれのほうで網を絞ってゆくつもりでいたが、じつのところは向こうのほうがおれをすでに網のなかに捕らえていて、その網を徐々にぎりっぎりりっと絞り上げつつあるのではないのか。

　じつはかなり以前からそんな兆候を何となく感じてはいた。四か月ほど前に政庁を辞職したのも、先手を打って公務を離れ、半ば地下へ潜るつもりでのことだった。依願退職の手続きは滑らかに完了したが、リーランドとその協力者たちは退職の理由が彼の素行の悪さに由来するという噂が巷に流れるように、あれこれ然るべき手を打っていた。――ああ、くびになったブレント、まあ無理もないやな、一緒に飯でも食うぶんには面白い、憎めない、愉快なやつなんだが、あんなに酒癖が悪くっちゃなあ。――近頃は出勤してきても午前中はずっと二日酔いで、自分のデスクに前のめりに突っ伏したままだったって言うからな。――いや酒だけならまだしも……なあ、知ってるかい、売春窟の親父があいつの職場に借金の取り立てに来て何だかんだわめき散らしていったって話だぜ。そんなゴシップを人々が面白おかしく囁き交わすように抜かりなく手配していた。本国の上司と相談のうえで、ろくでなしの遊び人、酒浸りののらくら者という役柄でいったん野に出て、もう一度やり直そうという計画を立てたのである。

一、二年はひとまずそれを続けて、状況の潮目が変われればまた政庁に――貿易部なり別の部署なりに戻ってきてもいいという心積もりもあった。そういう配慮のいっさいが無駄だったか、あるいはすでに手遅れだったのか、ともかく彭（ポン）は消えてしまった。もし仮にリーランドの正体がばれてしまったことがその原因だとしたら、政庁職員の肩書というそれまで一応機能していた庇護を失ってしまった今、リーランド自身も何かしらの危険にさらされているのかもしれない。が、かと言って今さら慌てて復職するわけにもいかない。どうもちぐはぐな成り行きになったなと思わざるをえなかった。

もっとも、いずれそのうちまた復職して——といった心積もりじたい、じつはリーランドの勝手な思いこみにすぎず、本国の上司は上司でまた別の心積もりがあるのかもしれなかった。リーランドを野に放つという策謀の実体は、彼を野に棄てたということに等しかったのかもしれない。酒にだらしないのは否定しがたい事実であるうえに、独断専行を憚らないことから日頃何かと扱いづらかったリーランドを、体よく厄介払いして胸を撫で下ろしているといったあたりが本国の組織の本音なのかもしれない。組織というもののそんな非情さをリーランドは身に沁みて知っている。

ともあれ今日のキャット・ストリート詣での目的の一つは、彼自身をめぐって何か風評が流れているのかいないのか、そのあたりの感触を探るということにもあった。ではその首尾はということになると、これは何ともおぼつかないものだった。旧知の商人たちはリーランドを笑顔で迎えてくれたが、中国人が腹の底で考えていることは結局はよくわからない。それで徒労の一日に終わったと嘆息しつつ帰途につこうとしていた矢先、行き当たりばったりに飛びこんだこんな安食堂で、「隠れ蓑」を云々する上海出身の老人と出会うことになろうとは。それが災難なのか僥倖なのか、ただちにはわからない。

さあどっちだろうとぼんやり考えているところへ、ひときわ大きな皿に盛られた、湯気の立つ鯉の丸揚げが運ばれてきた。

糖醋鯉魚（タンツーリーユー）です。まるまる一尾を揚げて、甘酢の餡をかけてあります、と沈（シェン）。

　三人は何となく黙りがちになってその皿に取りかかったが、順繰りに箸をつけ、骨までからりと揚がった香ばしい鯉の身を少しずつ取って咀嚼してゆくうちに、また会話に少しずつ活気が戻ってきた。物には、そして人にも、見た目があり、そして中身というか実体があって、その両者が食い違うということがこの世ではしばしば起こる。外見は内実を裏切ることもっとも甚だしい……。世間はいつも虚飾に欺かれる……。しかし鯉の丸揚げはいかにも美味しそうな外見を少しも裏切らず、実際非常に美味しくて、美味しいものを食べればふつうの人は少なくとも食べているあいだは幸福を感じないわけにはいかない。

　あの小悪党の失踪の原因は本当は何だったのか、当地のアンダーワールドの動向に妙に通じている気配のこの上海出身の時計商は本当にただの時計商なのか、見るからに人生に疲れたといった体の髭もじゃのイギリス人は本当にただロイター通信社で使いっ走りをやっているだけの五十男なのか、そんないくつもの問いを宙ぶらりんにしたままでも、高度な料理の手練が発揮され、絶妙な火通し加減、味加減に調理された鯉の丸揚げを食べていれば、人生を素直に肯定したい気持ちにおのずとなってゆく。少なくとも人生をはかなむといった毒気に冒された感情とは無縁でいられる。今この瞬間おれが噛み締めているこの食いものがこのうえもなく美味だという、疑いようのない事実が目の前にある。それは世間を欺く虚飾とは対極の、あまりにも明らかな事実だった。甘酢餡の染みた鯉の切れはしを口に運びながらリーランドは、性急に決着をつけようとはせずいくつもの問いを漠然と開いたまま宙ぶらりんにしておくというのも知恵というものだろうな、とぼんやり考えていた。個人対個人の関係においてと同様、国家対国家の関係においてもじつはそうなのではあるまいか。そういう知恵が失われたとき、戦争などという怪物的な愚行の引き金が引かれるのではないか。

鯉の丸揚げは三人がかりでも結局はぜんぶ食べきれず、四分の一ほど残さざるをえなかった。

もうこれ以上は胃に入らない、残念だが、とリーランドがついに音をあげた。何しろこの鯉以前に、すでにあんなに旨いものをいろいろ食っているしなあ……。

まあ多少残しても、陳(チェン)さんは気にしないでしょう、と沈(シェン)が言った。今夜は彼もそう悪い気はしなかったはずです。鯉の丸揚げは彼の得意料理で、けっこう気合いを入れて、楽しみながら作ったんじゃないかな。

本当に旨かった、と小さなおくびを無遠慮に洩らしながらリーランドは言った。いやあ、おれはただ、水餃子をもそもそと食べて、強い酒で体を温めて、それですぐ帰ろうとしか思っていなかった。それなのに、思いがけず豪勢なご馳走のお相伴をすることになってしまい、ともかく感謝のかぎり……。

いっとき醒めかけていた酔いが旧に倍する熱さと深さでまた戻ってきていて、心が弛み、何だかもう何もかもがどうでもいいような気分になっていた。さっきこの爺さんは何と言ったのだったか……信用できるのは、面突き合わせて気持ちをぶつけ合った個人だけ、か……。気持ちを本音でがんがんぶつけ合うというところからはまだかなり遠いが、ともかくこの二人とは面を突き合わせ、腹のうちを探り合いながら言葉を交わし、旨いものを食った。それはまあ第一歩とは言えるかな、とリーランドは思った。彼のそんな気持ちを見透かしたように馮が、

いや、今日は楽しかった、とまんざら嘘ともお世辞とも思えない心の籠もった口調で言い、どうです、ミスター・リーランド、これからもここでときどき飯を食おうじゃないですか、と言葉を継いでリーランドの顔を真っ直ぐに見た。

リーランドはすぐには答えず、茫洋とした目つきで店内を眺め渡しながら、とっさにいろいろなことを考えた。今夜もまたしたたか酒を喰らってしまい、明日の二日酔いはどれほどひどいことになるだろうと思うと気が滅入る。酔いで頭が朦朧としているが、ただ、酩酊状態のただなかにしか訪れない精神の明澄、透徹、静謐といったものがあるということにリーランドはずっと以前から気づいていた。そこではすべての問題が造作なく解決し、物事が辿る未来の道筋もくっきりと明視されるような気がする。いやそんな気が、、、する、だけで、それはただの楽天的な錯覚なのか。酔っ払いのいい気な自己弁護にすぎないのか。

人を利用することにも、人から利用されることにもリーランドは慣れていた。利用しているつもりでじつはされていたり、あるいはその逆だったり、その手のゲームに関しては長い経験がある。率直に言えば、そういう持ちつ持たれつの遊戯はもう様々なかたちでやり尽くし、いささか食傷気味という気分ではある。が、この二人が今回もまたそういうゲームに彼を誘っているのなら、それに乗ってみるのもやぶさかではない、とリーランドは思った。馮（フォン）と沈（シェン）――得体の知れない男たちだが、少なくとも二人のどちらにも小狡（こずる）さ、卑しさ、けち臭さのようなものはまったく感じない。人間関係においてそれはもうそれだけで十分大したことである。それもリーランドが長い経験から思い知らされてきた教訓の一つだった。中国人が腹の底で考えていることは結局よくわからないという、慣れ親しんだあの感想がまた浮かんでくるのはいつものことで、今さらそれでことさら困惑するわけでもない。

　アメリカ人のなかには、同じ言語を話しているのにイギリス人の腹の底はよくわからないとしばしば天を仰いで慨嘆するやつがいるものだ。おおかたのアメリカ人の腹の底がけっこうわかり易いのはなるほど事実で、それは歴史が浅い国民だからこその大きな美点だとつねづねリーランドは思っていた。人を評するのに素朴（ナイーヴ）は貶し言葉になっても単純（シンプル）は褒め言葉になるのがアメリカという国のお国柄である。ただ、いずれにせよ何国人を相手にする場合であれ、人間、五十代も後半に入れば、面（つら）突き合わせている相手の貴賤は――

品位（ディグニティ）の有る無し、廉潔（インテグリティ）の有る無しは、おおむね直覚されるようになるものだ。「貴」かどうかはともかくとして、少なくとも馮（フォン）にも沈（シエン）にも「賤」なるものはかけらもなかった。

　そこでリーランドは数秒の沈黙の後、馮（フォン）の誘いに、

　いいですねえ、というしんみりした嘆声で応じた。こういう旨いものを食えるのなら、お誘いに応じていつでも駆けつけてきますよ、駆けつけてこないわけにはいかないな、と付け加えたのは結局は何の社交辞令でもなかった。もしリーランドの評判をあちこちで訊いて回ったのなら、彼が独身の独り暮らしだということも酒に目がないことも、二人はむろん知っているはずである。

　あなたがどういう仕事をしているのか、よくはわかりませんが、と馮（フォン）が言った。おおよそのところ、あなたとわたしたちは同じ側に立っているのではないですか。

　おおよそのところ、と繰り返してリーランドは頷いた。

　この二人が二年前に上海から来て、ここではまだよそ者として距離を置いた冷ややかな扱いを受けているというのは、ともあれ事実なのに違いない。この二人にとっては、リーランドにとってと同様、彭（ポン）も彭（ポン）を操っている組織も恐らく敵なのかもしれない。それからもちろん戦争の問題もある。ジン・ドリンカーズ・ラインのぎりぎりきわまで迫り、国境を越えてなだれ込む機会を虎視眈々と窺っている日本軍への怯えは、この二人のものであると同時にリーランドのものでもある。ただしそうしたいっさいもあくまで「今のところ

は」「おおよそのところは」の話でしかない。誰がどっちの側にいるかは時々刻々変わるし、そもそも自分がどっちの側にいるのか自分自身確信が持てなくなってしまうこともたびたびある。そのこともリーランドは体験上よく知っていた。

すべての皿が片づけられ、いま三人はお茶を飲んでいた。

このプーアール茶は旨いな、とリーランドが呟いた。

これはね、プーアール茶と同じ発酵系の黒茶の一種なんですが、プーアールじゃなくて六堡（ろっぽ）茶というやつなんです、などという蘊蓄を傾けるのは今夜はもっぱら沈（シェン）の役回りだった。黒茶独特の日なた臭い香りは同じですが、六堡茶はプーアール茶よりもう少し上品だし、味もマイルドというか、穏やかで飲みやすいですよね。

そうかね。おれにはあんたらみたいに、そういう微妙な違いはわからんが、ともかく旨い。

美味しいだけじゃなくて消化を助ける働きもあります。今夜はずいぶん飲み食いしましたからね。さて、では勘定を頼むかな。今夜はもう一晩中ずっと雨なんですかね。ただ、雨音からするとかなり小降りになってはきている模様ですが……。

階段を昇ってきた小姐（シアオジエ）は伝票など手にしておらず、ただある金額をぽつりと口にしただけだった。それは決して安くはなかったものの、これと同じ程度の料理をペニンシュラ・ホテルあたりで食べればたぶんその二倍以上はとるだろうと思われた。今夜はわたしどもにご馳走させてくださいと馮（フォン）が儀礼的に申し出たが、リーランドがそれを固辞して自分のぶんは払うと言い張ると、そうですかとあっさり引っ込んだ。リーランドが借りを作りたくないと思っていること——というか借りを作るとそれが現実に後々禍根を残すことになりかねない立場にいることを、よく理解しているのだ。沈（シェン）が金をまとめて支払いを済ませ、同時にタクシーを二台呼ぶように小姐（シアオジエ）に言いつけた。

香港でいちばん有名なイギリス人というと誰ですかね、やっぱりウィンストン・チャーチルか、いやむしろチャーリー・チャップリンでしょうな……。最近のイギリスの作家では誰か面白い人がいますかな？　ほう、ジョージ・オーウェルという若い人に注目していらっしゃる？　名前を覚えておきましょう……。そんなとりとめのない無駄話を交わしているうちに、タクシーが来たと階下から呼ぶ声がした。

三人は所持品をまとめコートを着て、踏み板をぎしぎし軋ませながら階段を降りていった。まず馮（フォン）、次いでリーランド、最後に沈（シェン）の順に降りていったが、踊り場で背後の沈（シェン）がリーランドの耳にすっと顔を寄せ、

彭（ポン）はね、やっぱりもう死んでいるようですよ、と聞こえるか聞こえないかというほどの小声で囁いた。リーランドは何も言わずにただ頷いた。

一九四一年十二月二十日土曜日

百龍餐館のある小路への曲がり角——と見当をつけた付近でリーランドはタクシーを降りた。街はすっかり灯火が絶え、周囲は闇に鎖されているのでこれがその小路かどうかは確実とは言えなかった。ただ、もしそうでないとしてもこの一本先あたりがきっとそれに違いないという程度の確信はあった。運転手は言われるままに停車はしたものの、こんなところで降りていいんですか、危ないですよ、ご自宅までお送りしますよ、そうするように言われていますから、としきりに引き留めた。リーランドは、いやいいんだ、大丈夫だ、友だちの家に泊まるんだからと強く言い、強引に降りてしまった。チップを多めにはずんで料金を払おうとしたが、怯えた表情の運転手は、いや、お金はもういただいていますからと、大袈裟に手を振って拒み、降車したリーランドが後部座席のドアを外から閉めるやいなや車を発進させ、逃げるように走り去っていった。

静かだった。もう午後十一時半を過ぎているだろう。午前零時に近いかもしれない。街路に人の気配はまったくない。リーランドはしばらく暗闇のなかで立ち尽くしていた。恐ろしく寒い。とりあえず煙草を一本吸って熱い煙を肺に入れ胸を温めたかったが、煙草の先端が赤く光ったり煙がたなびいたりするのを誰かに見咎められるのではないかと思うとそれも憚られた。闇に目が慣れるにつれて、雲間越しの仄かな月明かりや、灯火管制に違反してところどころの建物の窓に灯る明かりがやがてぼうっと浮かび上がって、何とか道路と建物の関係が見分けられるようになってきた。さて、ではたぶんこちらのほうか、と歩き出そうとしたとき、リーランドさん、という小声の呼びかけが耳に届いた。建物の軒下からゆっくりと一歩足を踏み出して、裾の長い黒いコートを着てやはり黒いソフト帽を目深にかぶった背の高い男が姿を現わした。

おお、あんたか、とリーランドも声をひそめて言った。

けっこう待ちましたよ、と沈（シェン）はやや苛立った声で言った。

待っていなくてもよかったのに。

あなたが店の場所をちゃんと覚えているかどうか、不安でしたのでね。さ、こっちです……。

もちろん覚えていたさ。ちゃんと正しい場所で車を降りただろう？

二人は小路を早足で歩き出した。歩きながら沈（シェン）は、

いや、万が一ということがありますから、と言った。日本軍は武装兵を乗せた監視の小型軍用車を夜通し巡回させているようです。灯火管制下のこの暗がりのなか、どこがどこやらわからなくなってうろうろしていると、それに遭遇する危険があった。誰何され、不審者と見なされた場合、さあどうなるか。最悪の場合、その場で射殺されるかもしれませ

ん。今あいつらは殺気立っていますからね、そのくらいのことはやりかねない……。

リーランドは黙って歩を運びつづけたが背筋がそそけ立つのを感じた。

ペニンシュラ・ホテルからですか、と沈(シェン)が尋ねてきた。

そうだよ。

どうやって渡ってきたんです。

スターフェリーは十二月八日の日本軍の侵攻開始以来、運航停止している。対岸の九龍半島からこの香港島まで、ヴィクトリア湾をどのように渡ってこられたのかと訊いているのだ。

日本軍は小さな船会社を二つほど徴用して、兵や武器の運搬用に小型フェリーを動かしている。おれのタクシーはそれに乗れるように手配されていた。たぶん最終便だったんだろう。

二人はできるだけ低い声で話していたが、そんな小声もぴんと張り詰めた静寂の支配する街路にはよく響き、リーランドはつい怯えた顔であたりを見回さないわけにはいかなかった。

さ、ここです。先に入ってください。この扉は閉めるときに軋みますのでね、慣れているのでぼくがやります……。

なるほどもし沈(シェン)がいなかったら、たとえ小路が間違っていなくてもこの百龍餐館の建物を見分けられなかったかもしれないな、とリーランドは思った。それは正面扉がガラス張りの両開きのスウィング・ドアであることを除けば、もともとレストランらしい外観をほとんど呈していない建物だったし、しかも今はこの小路に立ち並ぶ他の建物同様、このガラス扉もどの階の窓も真っ暗で、屋内からはもちろん何の物音も聞こえてこない。めざす建物はどれがどれやらわからず、沈(シェン)の言ったように街路をうろうろと徘徊することになったかもしれない。

ガラスに黒い紙で内張りをしてある扉を沈(シェン)が細く開けると、リーランドはその隙間から身を滑りこませ、店内に足を踏み入れた。薄暗がりのなかにぼんやりした人影が浮かび上がっているのがすぐ目に入った。料理人の陳(チェン)は前回リーランドがこの店に入ってきたときとまったく同じ位置に佇んでいるように見えた。前回同様、幽霊、幽鬼という言葉が否応なしに頭をよぎったが、平静な声を出すように努めながらリーランドはただグッド・イヴニングとだけ呟いた。陳(チェン)はひとことも発しないままちょっと頭を下げるなりすぐ背を向けて店の奥へ消えていった。どこが「グッド」なもんかいと機嫌を損じたのかもしれない。

階段を昇ると、二階のフロアにはほんのりした明るみが流れていて、その光の出どころは隅の四人掛けの卓の脇でただ一つぽつんと灯っているフロアスタンドだった。それは先夜三人で囲んだのと同じ卓で、それに向かって一人の女が座っていた。たぶんこの階の窓にも、光が外に洩れないように内張りをしてあるのだろう。

こちらは美雨（メイユー）です、こちらはリーランドさん、と沈（シェン）が言い、リーランドは小腰をかがめ、女は微笑んで頷き、それで紹介が済むとリーランドはコートを脱いで、沈（シェン）が手で示すまま女の正面の席についた。沈（シェン）は女の横の席に座った。

目鼻立ちのくっきりしたうりざね顔の、色白の美しい中国人の女だった。年齢は二十代後半から三十代後半までのあいだの、いくつと言われてもそうかと納得してしまいそうでわからない。ただ、横の沈（シェン）の顔と見比べると、どうも沈（シェン）よりは多少年上なのではないかと思われなくもなかった。しかしそれも化粧っ気のない女の顔に疲労の色が濃く滲み、目の下にうっすら隈が浮き出ているせいかもしれなかった。黒髪を後ろでシニョンに丸め、飾り気のないグレーのカシミアのセーターを着ている。胸ぐりの深いセーターの襟元には尖った鎖骨がくっきりと目立つ輝くように白い肌が見えていた。女の顔がリーランドの正面に来るやいなや、やや刺激的な香りがふわりと漂ってきて、唇に紅すら引いていないのに香水はつけているのか、と思った。

この女は何なんだ、なぜここにいるんだと問いかける視線を沈（シェン）にそれとなく投げてみたが、沈（シェン）はそれに気づかないふりをして、

リーランドさん、何か召し上がりますか、と尋ねてきた。

いや、腹は減っていない。

では、ビールか何か……。

もう酒も飲みたくないな。ペニンシュラ・ホテルでウィスキーをずいぶん飲んでしまった。

沈（シェン）は立ち上がって階段のところへ行き、階下に向かって声をひそめて呼びかけ、茶を注文した。席に戻ってきた沈（シェン）にリーランドは、女の存在は目に入らないふうを装いつつ、

さて、といきなり切り出した。仰せの通り、やっては来たが、どうやらあんたに話すことは大してないようだ。谷尾悠介という男がペニンシュラにおれを呼んだのは、妙なオファーをするためで、それは断って帰ってきた。まあ席を蹴立てて喧嘩腰で出てきたわけでもない。かと言って、にこやかに握手してまた会いましょうと手を振って別れてきたわけでもない。敵国民同士になってしまったな、とたんに確認し合って右と左に別れただけだ。喧嘩別れをしないために、儀礼的に酒に付き合い、とりとめのない雑談をするという配慮を互いに尽くしたうえで——。

妙なオファーというのは……？

そこでリーランドは、今夜ペニンシュラ・ホテルで谷尾が彼と黄海棠（ホアン・ハイロン）に申し出たことの内容をごく簡単に説明した。

それをあなたも、その黄（ホアン）氏も、断った……？

そう。

受ければよかったのに。

気が乗らなかったんでな。

何でまた気が乗らなかったんですか。

嫌だったからだよ。

同語反復のようなリーランドの依怙地な答えに沈は苦笑して、

受ければよかったと、後で後悔するかもしれませんよ、と小声で言った。

かもしれない、とリーランドはあっさり認めて、しかしそれ以上は何も言わなかった。

沈黙が下りた。

マールボロの箱をポケットから出して、正面の女に目顔で了解を求めると、女がかすかに頷いたのでリーランドは箱から一本抜き取り、マッチで火を点けた。ひと息深く吸いこみ、長々と煙を吐き出しながら、今日はいろいろなことがあった、ほとほと疲れたな、と改めて思った。

日本軍はまだ電話局を制圧していないのか、制圧していても業務はそのまま続けさせているのか、電話は不具合もなく通じている。迎えのタクシーを回すから今夜ペニンシュラ・ホテルへ来てくれ、黄も来ることになっている、という谷尾からの呼び出しの電話があったのは正午少し前のことだった。すると、午後になってからこんどは沈から電話がかかってきた。沈の電話は、ついに始まってしまいましたね、どうしていらっしゃいますか、といった漠然とした様子伺い以上のものではないようだった。「おおよそのところ同じ側に立っている」者同士、連絡の糸をとりあえず保っておこうという趣旨かと理解し、それなら時勢を嘆き合うだけで話を切り上げてもよかったのだが、リーランドが形式的な社交辞令から一歩踏みこんで、自分は今夜ペニンシュラ・ホテルに、小さな新聞の編集をやっている谷尾という男から呼び出されているという話をつまらなそうな口調でさりげなく口にしたのは、まあちょっとしたサービスのようなものだった。その話に沈がどんな反応を示すか知りたいという気持ちもないわけではなかった。今やリーランドにとって谷尾は敵国民だが、沈や馮は日本という共通の敵と戦う、まああえてこんな言葉を使うなら同胞である。この程度の情報は同胞と共有してもよいのではないか。

沈は数秒間黙りこんだ後、
ほう、ペニンシュラ・ホテルにね……と何かを考えながらのようにゆっくりと言った。

で、リーランドさん、行くのですか？

まあ、行ってみるつもりだ。興味があるのでね。

その、タニオさんという人……と沈は呟いて言葉を切った。

あんた、知ってるのかい、谷尾悠介を？

いえ、知りません。しかし、その人が編集長をしているという日本語新聞はよく知っています。まあ、毒にも薬にもならない無内容な記事しか載っていないつまらん新聞だ。

そうらしいね。

その編集長が、日本軍が九龍半島の制圧後ヘッド・クォーターを構えたペニンシュラ・ホテルに、あなたを――

ペニンシュラは今のところはただの軍のヘッド・クォーターだ。しかし、最終的に日本軍が香港島のイギリス軍を掃討し、香港全体を完全に制圧し占領したあかつきには、あのホテルに日本政府直轄の正式な軍政庁が設置されることになっているらしいぜ。

ほう……。で、そのホテルに、あなたを呼びつけた、と。

呼びつけた？　そんな、口笛を吹いて犬を呼びつけたみたいな言いかたはしないでほしいな。尻尾を振り振り、へいこらしながら駆けつけようってわけじゃないぜ。お誘いの声がかかって、こっちも暇だし、そんならまあ行ってやるかという気になっただけのことさ。

どういう種類のお誘いなんでしょう。

さあ、まったくわからんね。まあ和やかに酒を酌み交わしましょうといったお誘いでないことだけは、たしかだろう。

あなたの友だちなんでしょう、その日本人は？

友だちだった。そいつとはほとんどシェイクスピアの話しかしないような付き合いで、そのかぎりではまあ、友だちだった。そのはずだ。が、今では……さあ、どうなのかね。

友だちだった人がそう簡単に友だちじゃなくなりますかね。

簡単……なことじゃないぜ、戦争が起こるってことは。

あのね……どうでしょう、リーランドさん……と沈は考え考え言った。その日本人がどういうことを言ってくるのか、それをとにかくあなたに聞いてきてもらい、そのうえでぼくらで何が出来るか、考えてみようじゃないですか。

ぼくらで……というのはいったいどういう意味かね？　とリーランドはことさら皮肉を滲ませる口調で訊き返した。

被占領国の住民となったぼくらで、という意味です。

まだなってはいないぜ。九龍市街は日本軍の手に落ちたが、この香港島では今のところはまだイギリス軍の反攻が続いている。あいつら、けっこう持ちこたえているみたいだぜ。

沈がため息をつくのが聞こえた。

この期に及んでまだそんなことを言ってるんですか。東京の参謀本部はもうすでに、これから香港に布こうとしている軍政プランの、細かな部分の練り上げにかかっていますよ。そうに決まっている。

ふん……。

沈はまた黙りこみ、こんどの沈黙は長く続いた。

もしもし、おい、まだそこにいるのか？

……リーランドさん、こういうことは考えてみないのですか。あなたがその、かつては友だちだった男に会いにペニンシュラに行く。と、そのロビーには谷尾氏ではなく武装した日本人の憲兵隊が待ち構えていて、あなたはあっさり逮捕される……。

逮捕？　何でまたおれが逮捕されるんだ？

香港で長らく諜報活動にたずさわってきた男が貯めこんでいる情報の量と質は、相当なものでしょう。逮捕し拘禁してそれを吐き出させる……尋問によって、あるいは拷問によって……。

おいおい、背筋を凍らせるようなことを言うなよな。それに、先夜もあんたら、そんなことを言ってたが、おれのことを諜報員とか何とか、勝手な思い込みで決めつけるのはやめてくれ、とリーランドは苦笑混じりに応じたが、そうしながらも心拍が少し速まるのを感じていた。じつは谷尾の電話を受けたときから、沈（シェン）の言葉通りの想像が何度か頭を掠めなくもなかった。そのたびにまさかと思い直し、弱気な思い過ごしは止めろと自分に言い聞かせなければならなかった。

えーと、ですね……リーランドさん、今夜、ペニンシュラに行かれて、そこからの帰りがけに、例の百龍餐館にちょっとお立ち寄りになりませんか。とりあえず今日のところは、日が暮れればこの香港島の戦闘もいったん止んで、静かになるでしょう。しかし明日以降の戦況は予断を許さない。どんどん激化して収拾のつかないことになるかもしれない。今夜、会おうじゃないですか。ぼくは何時まででも、真夜中を過ぎても、お待ちしています。あなたのご自宅はたしか西環（サイワン）地区の、香港大学の近くでしたね。摩羅上街（アッパー・ラスカー・ロウ）界隈は、どうせ帰り道の途中じゃないですか。

ペニンシュラからおれが帰れると、そう言ってるのかね？　憲兵隊に逮捕されるんじゃなかったのか？

されたらされたで仕方がない。もしされなかったら、という話をしているんです。あなたが百龍餐館に顔を見せてくれれば、ぼくらもとりあえず安心しますし……。ペニンシュラ・ホテルでどういう話が出たのか知りたいし、その谷尾という男には大いに興味があるし……。

おれは友人のことを第三者にべらべら喋るような男じゃないぜ。

友人のことは、でしょう？　元友人のこと、ならどうですか？

黙りこむのはこんどはリーランドのほうだった。

いいですか、と沈（シェン）は熱の籠もった声で言った。もはや戦時です。例外的な非常時です。われわれは協力し合ったほうがいい。こっちはこっちで、何らかのかたちであなたを護ってあげられるかもしれない。そういう手立てがあるかもしれない。

そりゃまた、ご親切なこった、とリーランドは口を歪めて言い棄てた。

いや、親切心からじゃない。今やわれわれは同じ側に立っているわけですから。

同じ側に立っている——またその言葉が出たな、とリーランドは一瞬黙りこんで考えた。「今のところは」「おおよそのところは」といった付帯条件を今さらいちいち補うのも面倒で黙っていたが、こいつの言うことにもまあ多少の理はあるか、と思わなくもなかった。……

要するに、沈(シェン)からの電話で、そんな話の成り行きになり、リーランドとしては、確約はできないぜと釘を刺しながらも、まあ可能ならば、ペニンシュラ・ホテルからの帰途に百龍餐館に寄ってみようと答えることになったのだ。沈(シェン)の熱意に押し切られるかたちになったのは、沈(シェン)の察している通りリーランドの心底にも暗い、鈍い、しかし強い恐怖が淀んでいたからである。と同時に、贋ロレックスの売り買いで関係が生じてしまったこの沈昊(シェン・ハオ)という男への、淡い好奇心を、——そして自分でもその理由がよくわからない何か好意のようなものを感じていたからかもしれなかった。

百龍餐館の薄暗い二階で茶を啜りながらリーランドは、なぜ運転手の勧めに従ってあのまま帰宅してしまわなかったのかという後悔に不意に囚われた。あの午後の電話で沈(シェン)の熱意に押しきられ、あんたがそんなに言うのなら、まあ、とつい衝動的にしてしまった約束——軽い調子で口にしてしまった、約束とも言えないような漠然とした約束を律儀に守って、この真夜中にこんなところまで来てしまったというのはいったいどういうわけなのか。おれもつくづく実直な男よと自分に呆れ、とともにかすかな憤懣も湧いてきて、リー

ランドは、
あんた、おれが現われなかったらどうしたんだ、あの軒下で、この寒さのなか、ひと晩中待っているつもりだったのか、と嘲るように言った。

まさかね……と沈も自嘲するように口をすぼめたが、すぐ気を取り直して、いやじつはぼくはね、じっと立って張り番をするのはけっこう慣れているんで、と澄ました顔で言った。

そのとき、沈の横に座っている女が初めて口を利いた。

ミスター・リーランド、これが始まる前に、なぜお国へ帰らなかったのですか？

ゆったりと落ち着きはらった、女にしては低い声だった。英語は沈ほど達者ではないが、中国語訛りのアクセントが妙に艶っぽく響く。

これ？　日本軍の侵攻がってことかい？　そう……なぜかと言われると……さあ、なぜなんだろうなあ。いつ始まるかとあんなに恐れていたのにな。

恐れていた？　本当に？

恐れていたさ。しかし……いや恐れながらも、本当に始まるとは結局、信じていなかったのかもしれない。信じたくなかった、というのでもない。ただ端的に、信じていなかった。そんな気がする。戦争が起きるなんてことは、一般人にとってはいつでもそういうもんじゃないのか。

するとメイユー美雨という名らしいその女はすかさず唇を歪めて、
　では、わたしたちは「一般人」ではないのかしら、と嘲るように言った。戦争が始まることを信じていたどころじゃない、わたしたちはそれを知っていましたからね。あなたはよほど暢気だったんですね。

　そう言われると、ひとこともないよ、とリーランドは素直に言った。お説ごもっともと言うしかない。そう、暢気だった……暢気すぎたんだろうなあ。

　わたしたちは上海で、言ってみれば、もう四年前から戦争の渦中にいましたから、と美雨は言った。

　そういうことです。と沈も言った。上海共同租界の内部は一種の聖域で、さすがに日本軍も手を出せなかったけれど、彼らは租界の境界の、ぎりぎりのきわのところに駐屯していましたからね。

　あれはね……と、遠い何かを虚空に見据えるようなしぐさとともに美雨は言った。太い牙と鋭い爪を持つ巨大で凶悪なけものが、牙も爪も隠して二十四時間そこにむっつりと蹲りつづけているようでね。それはそれは不気味なものでした。機関銃と戦車砲を搭載した装甲車や、小銃と擲弾筒で武装した歩兵部隊が、どんな些細なことを口実にして、いつなんどき雪崩をうって侵攻してくるかと、わたしたちは四六時中怯えていました。空気がぴりぴりと震えるような緊張感がいつも街路に漲っていました。

リーランドは黙ったまま頷いた。

わたしたちは二年前、香港にやって来て、平和というのは何て良いものなんだろうとつくづく感じ入ったものです。体中が柔らかくほぐれて、ふにゃふにゃになってゆくような解放感がありました。でも、その平和も解放感も、やっぱり幻想だったということですね。

そうだ、とリーランドは心のなかで深く頷き、美雨（メイユー）の顔から目を逸らしながらマールボロをまたひと息深く吸いこんだ。それが幻想だということを、そんなことを言うならおれだってたしかに知ってはいたのだ、と思った。そうだ、たしかに知っていたのに……知っていたのになぜ……。過去を振り返ってそんなことに今さらのように呆れているおれは、いったい何なんだろう。たんなる阿呆か。

だからわたしはね、と美雨（メイユー）が追い討ちをかけてくる。もう今年の春か夏あたりに、さっさとイギリス本土に引き揚げなかったあなたのことが不思議でたまらないの。

そうねえ……まあ、そうすべきだったんでしょう、たしかにね、とリーランドは相変わらず素直に応じた。ただね、まあ……ここで続けるように言われていた仕事もあったしなあ……。おれの雇い主はおれがここを離れることを許してくれなかったんでね。

雇い主が誰かはリーランドは言わなかった。

しかし、そっちはまあ、些細な理由かな。ここでの仕事なんか、おれとしてはもういつ投げ出してもよかった。どうでもよくなっていた。惰性で続けていただけだ。そう……何だったんだろうなあ……。ともかく、このところすっかり疲れていて……そう、「疲れていた」というのがつまるところ、香港から逃げ出さなかった最大の理由かもしれないね。荷造りして、始末すべきものを始末して、生活を畳む——そんなことにちらりと思いを馳せただけでも、面倒で面倒で、たちまちやる気が失せた、どうにも気力を奮い起こせなかった……。

美雨（メイユー）の質問がきっかけになって、日頃心中にわだかまり、出口を見出せずにむなしく渦を巻いていたいろいろな思いが、だだ漏れになって溢れ出してくるようだった。

それから、帰ると言ってもどこに帰るんだ、ということもあったかな。こっちの生活がずいぶん長くなって、今じゃあおれにとってはイギリス本国のほうがむしろ外国みたいなものだ。もうあっちには知人も友人もいない。両親ともに死んでしまって、まあ妹はいるけれど、すっかり音信も絶えていて、彼女の一家にはおれの甥や姪も生まれているはずだけど、顔を見たことさえない始末でね。もう一つ言うなら、イギリス本土だって今は対独戦の真っ只中だ。去年の九月来、ロンドンをはじめ各都市がドイツ空軍爆撃機の夜間無差別爆撃に遭って、女子供を含め民間人がばたばた殺されている。香港とロンドン、どっちが安全かわかったもんじゃない……。

でも、イギリスはまだドイツに負けたわけじゃないでしょう、と沈（シェン）が口を挟んできた。

ロンドンがドイツ軍に占領されたわけでもない。一方、香港は、これはもうほぼ確実に、ここ数日のうちに日本軍に占拠されます。そうなったら、敵性国民のあなたは遅かれ早かれ捕虜として捕えられ、強制収容所送りになる。抑留生活を強いられることになる。

たぶんそうなるだろうな、とリーランドは淡々と言った。しかしまあ、戦争は永遠に続くわけじゃない。さっきまでペニンシュラで会っていた谷尾は、たとえ香港を落としたとしても、そう長いこと待たずに日本は最終的には必ずこの戦争に負けると言ってたぜ。

はははあ、日本人の、元外交官というその男がね、そう言っていましたか、と沈(シェン)が感慨深げに呟いた。

そう、とリーランドは言い、日本が対英米に仕掛けた戦争の帰趨に関して谷尾が述べた見通しを、かいつまんで説明した。

実際、谷尾の言う通り、ひょっとしたらほんの一年か二年で講和が達成されるかもしれないぜ、とリーランドは言った。兵站に関しても国内経済に関しても、日本はそう長いこと持ちこたえられない。それはいろんなデータを見てほんの少しでも思案をめぐらせば、誰の目にも自明のことさ。収容所ねえ……そりゃあ抑留生活は安楽ではなかろうが、しかしともかく何とか生きてはいられる。ロンドンなりイギリスのどこかの町なりに戻ってだな、ドイツ軍のユンカース爆撃機から必死に逃げまどい、しまいには結局爆弾で吹っ飛ばされて一巻の終わりなんて運命よりは、ずいぶんましってもんじゃないか。なあ、知ってるか、今やイギリスのほぼ全土がドイツ空軍の爆撃圏に入ってるんだぜ。あいつらは真夜中に飛来して、軍事施設も住宅地も無差別に、焼夷弾やSC1000高性能爆弾を撒き散らしてくる……。

いやいや、と沈が首を振った。日本占領下の香港なら「ともかく何とか生きてはいられる」？　そんな楽観的な夢を見ているならあなたはよほどのお人好しです。人道的な配慮から彼らは民間人は殺傷しないなんて、まさか信じてるんじゃないでしょうね。彼らが南京で何をやったか、ご存じないのですか。

リーランドはよく知っていた。しかし、この話にこれ以上深入りしたい気分ではなかった。そのとき外の街路を遠くからゆっくりと近づいてくる車のエンジン音が聞こえたので、三人は申し合わせたようにぱたりと口を噤んだ。車はリーランドたちの卓のすぐ傍らにある窓の直下の路上を通過し、窪みに溜まった水をタイヤで撥ね散らかし、また遠ざかっていった。音が近づいてきて遠ざかる。音だけだった。窓ガラスには黒い紙で内張りをしてあるのでヘッドライトの光は入ってこない。ということはつまり、こっちの光も外に洩れていないはずだ、とリーランドは心のなかで確かめて安堵した。

沈が言っていた日本軍の小型軍用車だろうか、こんな時刻に走っている車と言えば、たぶんそれ以外にはあるまいな、と思い、こんな時刻と言うがもう何時になったかなと腕時計を見ようとしてつい右手を左手首にやって目を落としたが、例の贋ロレックスは家に置いてきたのだったと思い出した。どこかで検問に遭い、日本兵に目をつけられて強引に巻き上げられるといったこともないとは言えないと思い、身に着けてこなかったのだ。しかし沈（シェン）はリーランドのその中途半端に終わったしぐさの意味を正確に理解し、自分の腕時計を見て、

そろそろ午前一時になります、と言った。

なあ、こんな時刻に何だが……。さっきはあんなことを言ったけれど、おれは少々腹が減ってきたよ。陳（チェン）さんはもう寝ちまっただろうな。ひょっとして何か、少々腹に溜まるものを……。

陳（チェン）さん、まだ寝てはいないはずです。あの人は明け方に床に就き、正午過ぎにようやく起き出してくるという生活らしいから。ちょっと待っていてください。

沈（シェン）が階下に降りていき、リーランドは美雨（メイユー）と二人きりで残された。リーランドは美雨（メイユー）の顔を無遠慮に、つくづくと見つめながら、

あんたのつけている香水……と何となく呟いた。

え……？

良い香りだな。シトラス系か。そういう香水をつけてる女を、おれはもう一人知ってるよ。

美雨（メイユー）はそれには返事をせず、代わりに、ちょっと居住まいを正すようにして、

ミスター・リーランド、でもね、あなたは故郷に帰りたくはないの、と尋ねてきた。
故郷（ホーム）？　さあねえ……そもそも、おれの故郷はどこなのか。おれはウェールズ地方の小さな町の生まれだが、物心がつくかつかないかのうちに引っ越して、以来、あっちこっちを転々として生きてきたからな。ロンドンにはけっこう長く住んだが、空疎な威容と、黴くさい、そして血腥い歴史のにおいばかりが自慢のあの町に、そんなに愛着は感じていない。どっちが好きかと言ったらむしろ香港のほうだろうな。香港暮らしもずいぶん長くなったし……。しかし、もちろんここにおれのホームがあるわけでもない。香港も結局は、他人の国だ。
　そこへ沈（シェン）が戻ってきて、
陳（チェン）さん、何か作ってくれるようですよ、と言った。
美雨（メイユー）は小さな笑みを沈（シェン）に向けて頷いたが、視線をすぐさまリーランドの顔に戻し、
他人の国というわけではないでしょう、とからかうような表情で言った。だって大英帝国の一部なんですから、香港は。
　リーランドは表情を変えなかったが、心のなかでため息をついた。それは彼が今、中国人と英語で論じたい話題ではなかった。香港がイギリスの直轄植民地であり、イギリス国王の任命する総督に統治されていること——その現在の状況には前世紀以来の長い経緯がある。イギリス帝国主義の膨張の諸帰結というのは、香港に住む知識層の中国人との会話

では、感情的なしこりが絡んで厄介なことになりがちな、剣呑な話題であることをリーランドはよく知っていた。

中国人はしばしば、あたかもリーランドが帝国主義のスポークスマンであるかのごとく、あからさまな皮肉を剝き出しにしたり、陰に籠もった敵意を言外に滲ませたりしながら、棘のある言葉を差し向けてくる。リーランドのほうは、この地がイギリスの庇護を受けて享受している恩沢の数々を列挙しつつ、防戦に努めざるをえない。すると中国人のほうは、恩沢と言うけれど、それで得をしているのはつまるところは宗主国のイギリスばかりで、中国人は搾取される一方だと反論してくる。そんな批判と防御の応酬を、ピンポンボールのように打ち合って点数を競うゲームに興じるには、今夜のリーランドはあまりに疲れすぎていた。そこで彼はただ、

要するに、おれには故郷はない、そういうことだ、とだけぽつりと呟いた。

やや意外なことに、そのリーランドの呟きに美雨（メイユー）は小さく頷き、そうね、と同情さえ滲んでいるような穏やかな声音で応じ、

故郷というのは、つまりは……とためらうように言った。そういう名前の、夢というかまぼろしというか、蜃気楼みたいなものかもしれないわね。現実としての故郷なんてものを持っている人のほうがむしろ稀なのかも……。

でもね、と沈（シェン）が言った。そういう夢だかまぼろしだかに固執する人と、しない人がいる

でしょう。いま現在それが自分から失われていることを、耐えがたい欠落と感じる人と、そんなことはどうでもいいと考える人がいる。

懐かしい故郷、いつか必ず帰っていきたい故郷、そんなものはおれにはないね、とリーランドは言いつのった。あえて言うなら、あのウェールズの小さな町がやっぱりそれなのかな……。イギリス人というよりおれはウェールズ人なんだよ。ウェールズ語だって、今では相当おぼつかなくなってはいるが、子供の頃聞き慣れていたからまだけっこう喋れるし……。なあ、知ってるか、香港はイギリスの植民地だ、そりゃあそうだが、ウェールズだってイングランドに征服され、臣従を強いられてきた被占領地なんだぜ。おれなんか最初から被占領民みたいなものなんだ。イングランド人の政府のために働く義理なんか本当はないんだ。それはおれの内なるウェールズ魂への裏切りみたいなものだ。

リーランドさんは、それだから政庁職員を辞めてしまって、ロイター通信社に移られたんですかね、と沈（シェン）が微笑を浮かべて言った。

それにはリーランドは答えず、急に話の向きを変えて、

なあ、ミスター馮（フォン）は今夜は来ないのかい、と言った。老人はやっぱり早く床に就いてしまうのか。

すると向かいの席の二人がたちまち表情を曇らせ、ちらりと目を見交わしたので、その名前を持ち出さなければよかったかと後悔したがもう遅かった。

馮さんはちょっと体調を崩していましてね、と沈が沈痛な面持ちで言った。とくに、日本軍の侵攻が始まったのが体に相当こたえたようで……。ああ、そう言えば、リーランドさん、美雨は馮篤生の姪御さんなんです。

そう言われてリーランドは美雨の顔をつくづくと眺め直し、そこに馮老人の面影を探してみようとしたが、二人の面立ちに際立った血の繋がりがあるようにも見えなかった。リーランドの頭に、で、美雨さんとあんたはいったいどういう関係なんだ、夫婦なのか、恋人同士なのか、どうなんだ、という質問が浮かんだが、何だか面倒になってそれをわざわざ口にする気にもなれなかった。ぼくの妻ですとか婚約者ですとかただの友だちですとか、沈が説明したくなればすればいいし、したくなければしないでもいい、おれにはどっちでもいい、とリーランドは思った。偶然知り合ったこの中国人たちの家庭の事情には深入りしたくない。

先夜、馮が沈に話しかけている口調は、ビジネス上の関係だけの間柄にしては少々親密すぎるような気がしたが、自分の姪の連れ合いに話していると考えれば納得が行く。ただ、沈と美雨との目線の交錯や言葉のやり取りは、夫婦とか恋人と言うにはややよそよそしすぎるように感じられた。その印象は美雨のほうが沈より少し年上に見えるということとも関係しているのかもしれないが、沈は美雨に対してあくまで丁重で、やや距離を置きつつ彼女の表情の動きや一挙手一投足に細かく神経を遣っている気配があり、いわば彼女に「仕えている」といった印象がある。もちろん夫が自分の妻にそういう気の遣いかたをする夫婦もあるだろうが、それにしても——とさらに考えが進みそうになったので、いやいや、どうでもいい、おれの知ったことかと改めて思い直し、

そうですか、それはご心配ですな、伯父上のご健康が、とだけ目を伏せて呟くにとどめた。

上海からここに移り住んで二年ほど経ちましたが、伯父は引っ越しの疲れから、まだ完全には回復してはいないのです、と美雨(メイユー)が言った。もうけっこうな歳ですし……。そこへ、とうとう戦争が始まってしまって……。リーランドさん、自分には故郷はないとおっしゃいましたね。でも、それを言うならわたしたちだって同じようなものですよ。退路を断つつもりで、上海での生活はぜんぶ整理してきましたのでね。

退路を断つつもりで——などという大袈裟な物言いをするやつがいれば、ふだんのリーランドなら何か茶化すような合いの手をすぐさま入れるところだが、美雨(メイユー)の表情があまりに沈痛で、英語をややたどたどしく、一語一語、絞り出すように喋る口調があまりに切々としているので、さすがにそれは憚られた。

辛さをこらえて棄ててきたもの、棄ててこざるをえなかったものが沢山あるんです。他人の国——と言われたけれど、わたしたちにとっても香港は結局、他人の土地です。でも、後はもうここで生きてゆくしかない、ここに自分の生活の根拠地を築くほかない。そ

う心を決めていたのです。ところが今、文字通りの他人にほかならない日本人が、ここを占領しようとしている……。

　大きな盆を胸の前に捧げ持った陳(チェン)老人が階段を昇ってきた。竹の皮に包まれたちまき(ゾンズ)が山盛りになっている大皿と取り分け用の小皿を卓のうえに手早く置くと、ひとことも口を利かずにまた階下へ降りていった。

　湯気が立っているちまきの一つにリーランドはさっそく手を伸ばし、うっ、熱(あつ)っ、火傷しそうだ、などと呟きながら皮を剝き、箸も使わず手に持ったままかぶりついた。

うん、旨いな、これは。

　豚のばら肉、椎茸、海老、うずらの卵、棗(なつめ)など様々な食材をふんだんに使い、生姜と葱で香ばしく味付けした、じつに旨いちまきだった。柔らかな、しかし絶妙な弾力のあるもち米の食感が口に優しい。

イギリスにはライス・プディングなんてものもあるが……とリーランドは言った。

米を牛乳で煮た、甘いお粥ですよね。あれはデザートに食べるんでしょう。

米という穀物をどうやったら上手に調理できるか。人の口と胃を喜ばせる食べものに変えられるか。これに関するかぎり、われわれはとうていアジア人には敵わない……。

米だけでしょうか、と美雨(メイユー)がにっこりしながら言った。

んん……イギリスの食べものに関しては、ご存じの通りの芳しくない評判が世界的に定着しているからねえ。ここでおれがいきなり熱烈な愛国主義者になって、イギリス料理を讃える応援演説を展開しても、無駄なことだろうさ。

沈（シェン）も美雨（メイユー）もそれぞれにちまきを取って竹の皮を剥き、頬張った。

こういうものを食っていると酒も飲みたくなってくるが、とリーランドは言った。

飲みますか、と沈（シェン）が応じた。

しかしまあ、止めておくか。今日はけっこう大変な一日だったから……。

もう昨日ですけどね、と沈（シェン）が言った。

ペニンシュラ・ホテルでけっこうな量のウィスキーを飲んできたからな。まあその酔いも、ホテルの前で帰りのタクシーに乗った瞬間、いっぺんに醒めてしまったような気がしたもんだが……。しかし実際のところ、いまおれの肝臓と腎臓は過重労働になっていて、このうえさらに老酒（ラオジウ）やら何やらを体に入れた日には、明日はもう死に体で、使いものにならなくなってしまう。

二、三日、死に体になって、ベッドに転がって休んでいればいいじゃないですか。

そういうわけにもいかないだろう。しかし、旨いな、これは、本当に。もう一つ貰おうか。

三つ目のちまきに手を伸ばしながらリーランドは、人間は少なくとも旨いものを食っているあいだだけは人生を肯定する気分になるという、あの命題をまた思い出していた。そ

のとき沈（シェン）が、
ええと……ですね、何と言ったらいいか、と遠慮がちな口調で言いはじめた。しつこいようですが……さっきの話、ミスター・タニオからの、そのオファーというやつ……。
うん？
考え直す気は、ありません？　さっきのお話だと、雇用と言っても何やらほんの形式的なものだ、そういうことでいいから、ということでしたよね。結局は、かたちばかりの、ということなのかもしれないが、しかしそれでもともかく、日本による香港統治に何らかのかたちで関与することになるわけだ、一種の公的な資格でね。それはそれで面白いことじゃないですか。

面白くも何ともないね、おれには、とリーランドは自分の手のなかのちまきの食べ残しを見つめながらつまらなそうに言った。それに、もう断わってきてしまったからな。そう言っただろ？　それで終わった話だ。

いやいや、明日でも明後日でも、彼に電話して、やっぱり考え直したと言えばいいだけのことでしょう。つまりですね……ミスター・タニオは、それがあなたにとって日本占領下香港における身分証明となり、セキュリティの保証ともなると考えたわけだ。それはまったくもってその通りでしょう。そのオファーは、彼のあなたへの、非常な厚意の、というかまさに正真正銘の友情の、表明なのではないですか。

そうかもしれない。

友情から発したそのギフトを素直に受け取ったらいかがですか。

敵国のために働く気はおれにはないよ。

しかしそれも、戦地に取り残され、被占領民となった者が余儀なくされた生き残り策ですからね。誰からも指弾されるいわれはない。それにですね……。

うん？

今後、日本軍政庁の内部にあなたのような人がいると、われわれにとってもいろいろ好都合だと思うんです。

われわれって、いったい誰のことだい？

被占領民であるわれわれ——中国人もイギリス人も含めて、という意味ですよ、もちろん。

好都合というのは？

リーランドには沈(シェン)の言いたいことの見当はむろんついてはいたが、一応彼自身の口からそれをはっきりと言わせてみたかった。

つまり、たとえ末端ではあれ日本の軍政庁の運営に関わっているかぎり、あなたの耳にいろんな情報が入ってくるに違いない。そのなかには、われわれの安全にとって有益なものもきっとあるだろう、ということです。なるほど日本はこの対英米戦争で最終的には敗北するかもしれない。いや、十中八九そうなるだろうとぼくも思いますが、しかしそれまでのあいだ——一年か二年か三年か、わかりませんが、日本占領下の香港で、われわれは何とかして生き延びていかなくてはならない。そのために——。

　われわれはって言うが、それは誰のことなんだ？　と沈（シェン）の言葉を遮ってリーランドはしつこく繰り返した。

　ですから……と言いかけて沈（シェン）は言葉をいったん切り、ため息をつき、もうお手上げというふうに視線を天井に投げた。

　要するに、おれにスパイになれと、そういうことかね？

　まあそうです、と沈（シェン）は開き直ったようにきっぱりと言い切ってリーランドの目を真っ直ぐに見た。いいですか、ぼくは中国人を代表してものを言っているんじゃないですよ。あなたもぼくも、この美雨（メイユー）も、つまりは香港に住む被占領民です。日本という野蛮きわまる侵略者に抗して、面従腹背か何か知らないが、頭（ず）を低くして、束の間のものであると信じたい占領期間を、何とかかんとか死なずに、大過なく、切り抜けていきたいと願っているだけの、つまりは弱者です。日本軍が南京占領後にあそこで仕出かしたことを思えば、われわれとしては必死にならざるをえない。弱者が生き延びるにはどうしたらいいのか。その生き延び策を講じるうえで、あなたに助けてもらえるかもしれない。そういう話をしているんです。

そんな期待に応えられるとは、おれにはとうてい思えない。

いや、今のところはそりゃあ何にもわからないでしょうが、ひょっとしたら……ひょっとしたらですよ、助けてもらえることが何かあるかもしれないという、これはあくまで可能性の話です。われわれとしてはさしあたってどんな見込みの薄い可能性でも担保しておきたい。いや、正直なところ、藁にもすがりたいような気持ちなんでね。有益な情報、とさっき言いましたが、必ずしもたちどころに役に立つような情報でなくても構わない、どんな情報であろうと——。

いいかね、とリーランドは人差し指を立てて沈を制止し、ゆっくりと喋りはじめた。谷尾が軍政庁でどんな役職につくのか、どんな仕事をすることになるのか知らないが、あいつも所詮、ただの新聞屋だ。外交官のキャリアがあると言うが、それも辞めてもう久しい。今はたんなるけちな小新聞の編集長にすぎない。軍政庁なんていう組織のなかで、今さら大して上のほうの地位を占めるようなタマじゃあなかろうさ。上のほうは軍人や、日本から乗りこんでくる頭脳明晰な、生え抜きの官僚で固めることになるに決まってる。谷尾は所詮、下っ端だ。そして、おれはその下っ端の、さらにその下働きという格で雇われるだけのことだ。

沈は何か言いかけたが、リーランドはおっかぶせるように話しつづけた。

しかもその雇用というのも、たんなる形式的なものと言われている。いや、形式的なものとしておく必要がある、そうしておかないと危ないという配慮が、谷尾のほうにもあるんだろう。いやあ、ないはずはないよ。あんたらにとって好都合な情報なんぞ、いや好都合であろうがなかろうがどんな情報も、おれの耳に入れないように、目に触れないように、やつは細心の注意を払うだろう。

そうですね。そうかもしれない。しかし――。

彼にとっておれは、あくまで敵国民なのだから。それを忘れるなよな。

それでも、ですね……。軍政庁が置かれるペニンシュラ・ホテルに、おおっぴらに出入りする資格をとにかくあなたは得ることになるわけでね。機を窺って、ちょっとした策を凝らせば、何らかの情報源に近づく機会だってめぐってくるかもしれない。

その手の「策」を凝らすなんてことは、おれは苦手なほうでねえ。

本当ですか？

いっとき沈黙が下りた。

ぼくの思うに、とまた沈が言いはじめた。あなたがそのオファーを受けて日本軍政庁の内部に入ること――それはイギリス本国の政府も歓迎するんじゃないですかね。彼らは彼らで、あなたに期待するものがあるに違いない。それで、結局、「われわれ」とは誰かというさっきのあなたの質問にまた戻ってゆくことになりますが……。いやあ、どうも話が堂々めぐりになってるな……。

そう、たしかにそれは良いポイントだ、とリーランドは考えたが、口に出しては何も言わなかった。ペニンシュラ・ホテルのあの部屋で谷尾の話を聞いていたときから、その点が彼の意識に絶えず浮上してはいたのだ。イギリス政府も谷尾からリーランドへのこのオファーを「好都合」と考えるのではないか、と。

ロイター通信社の臨時職員というのが今のおれの身分で、表向き、おれはイギリス政府とはもう何の関係もないということになっている。いや、素行不良の咎で香港政庁から追い出されたという悪臭芬々の噂さえ流布している。そういう経歴の男を、日本の政府と軍はどう評価、判断するだろう。体面を汚してイギリス政府と訣別した男……。日本側には、それはむしろ好印象を与えるだろう。短絡的に、それだから信用できるとまではまさか考えはしまいが、少なくともそういう男に対しては多少警戒心を弛めてくるということはあるのではないか。さらに、過去に香港政庁の職員だったという点は、おれの評価に関してプラス要因として作用するだろう。そういう職歴の男なら、香港統治の運営に即戦力として、何かと重宝に利用できるぞ、と。

そんなふうに判断され、もし仮に採用してもらったあかつきには、おれのほうも、ある程度まで従順に、日本が統括する香港の行政に、その効率的な運営に、とりあえず協力しましょうという積極的な素振りを示す……。香港の人々が安心して、安全に暮らせるように、何とかお役に立ちたいと思いますとか何とか、口当たりの良いことをつるつると言って……。そうして日本軍政庁の懐に入ってゆく……。そうだ、それをぜひともやれと、イギリス政府は密かにけしかけてくるかもしれない。いや、きっとそうだろうな。今この沈がけしかけているように、だ。イギリスという国にはすっかり嫌気がさした、うんざりだという顔つきを装って、日本軍政庁の内懐深くに、だんだんと、じりじりと食い入ってゆく……。そして情報を収集し、それをイギリスに流す……。それはイギリスにとっても好都合だ……。

結局、その「好都合」という言葉が気に入らないのだ、とリーランドは卒然と悟った。こいつもさっき言ったな、「われわれにとってもいろいろ好都合」と。そこでリーランドはきっと顔を上げ、

イギリス人だろうが中国人だろうが、と言った。おれに「好都合」を期待するなよな。おれは他人に利用されたくないんだ。

他人じゃないでしょう、イギリスはあなたの祖国でしょう、と沈は反射的に応じたが、それは大して考えもせずつい勢いで出てしまった言葉らしい。そう口にしたとたん、さきほどのリーランドの「おれには故郷はない」という呟きをすぐさま思い出したようで、彼は苦笑し、それきり口を噤んだ。

リーランドは黙ったまま、おれを好都合に利用しようとはまったく思っていない人間が少なくとも一人はいるな、と考えていた。そして、何とも奇態なことに、それは敵国民

の、つまり「おおよそのところは」も何も、決して「同じ側」にはいない男なのだ。谷尾悠介だ。彼のオファーを受けて、日本軍に徴用され、従順を装って日本軍政庁で働きつつ、隙さえあれば日本軍の軍事情報やら何やらを掠め取り、イギリスに、あるいは沈（シェン）たちの一党に流す――もしそんな汚い仕事に従事するとしたら、それは谷尾への、彼の友情への裏切りだ。祖国への忠誠なんてくだらんものと引き換えに払うには、それはあまりに大きすぎる代償だ。実際、もし仮にいずれ情報漏洩が露見し、その源はおれだった、おれがダブル・エージェントだったと発覚したとしたら、その罪で刑に処されるのはおれだけではないだろう、おれを軍政庁に引き入れた元凶の谷尾だってただでは済まないだろう。詰め腹を切らされるだろう。間違いなく、相当ひどい目に遭うはずだ。そういう危険にあいつをさらすわけにはいかない。おれは友だちを裏切れない。いや、裏切らない。

　その考えにリーランドが辿り着いた、まさにその瞬間をあたかも狙い澄ましたかのように、それまでずっと黙りこんでいた美雨（メイユー）が、

　リーランドさんはお友だちを裏切りたくないのでしょう、と突然言ったのに、リーランドは喫驚した。

　美雨（メイユー）はそれに続けて、沈（シェン）のほうに顔を向け、

　もういいでしょう、その話は、と切り口上にぴしゃりと言った。

　そう言われて沈（シェン）が、叱られて耳をぺたりと伏せる犬のような表情を浮かべ、俯いて、そ

うですね、すみません、と力無く呟いたのを見ながら、いったい何なんだろうな、この二人の関係は、とリーランドは改めて訝った。

まあそれはともかくとして、と、沈のしょげようが少々気の毒になったリーランドは執りなすように言った。今夜はもうお開きにしようじゃないか。おれはもうほとほと疲れたよ。体も十分温まったし……。このちまきは非常に旨いが、さすがにこれ以上はもう食えない。ずいぶん残してしまうことになるけれど……。

いや、それは構いません。明日、温め直して誰かが食べますよ。無駄にはなりません。

さて、しかしここからどうやって帰ったものか。こういう状況下で、しかも真夜中のこんな時刻に、タクシーを呼べるとも思えないが……。

えーと、じつはですね、と少し元気を取り戻した沈が言った。ぼくらの息がかかっている宿屋がありましてね。ホテルというほど大したものではない、小さな商人宿ですが、それはこの店の裏手に、背中合わせに建っている建物なんです。宿屋の表玄関は一本向こうの路地に面しているのですが、二つの建物の裏側同士が接近しているので、ずいぶん昔から増築を繰り返し、渡り廊下で繋いでしまっていて、こっちの建物から直接入れるようになっているのです。そこの部屋をいくつか押さえてあるんで、すみませんが今夜はその一つに泊まっていただけませんか。

ほう……。

明朝、何とか車を手配して、ご自宅まで送らせますので。

それなら……そうさせてもらおうか。

リーランドはのろのろと立ち上がり、コートを手に取った。ほとほと疲れたというのは誇張でも何でもなかった。意識して脚に力を入れていないとぐらりと頽れていってしまいそうなほどの、困憊の極だった。宿屋とか泊まるといった言葉をちらつかされたとたん、急に猛烈な眠気が襲ってきてもいた。リーランドは美雨に向かって軽くお辞儀をして、グッド・ナイト、と呟いた。美雨は席についたままにっこりして頷いた。彼女のその何かけなげな感じの笑顔をリーランドはつくづくと眺め、ずいぶん憔悴しているようだなと改めて思った。

それがこの女の顔の見納めになるとは、むろんそのときはまだ知らなかった。

沈が先に立って階段のところへ行き、それを降らずに昇ってゆく。リーランドもその後に続く。三階を過ぎ、四階まで行って真っ暗なフロアに出た。すぐ前を行く沈の気配だけを頼りに、おぼつかない足取りでついてゆく。フロアの隅にあるドアを沈が開ける音、そしてかちりとスイッチを入れる音がして、薄暗い小さな電球の明かりで、そのドアの向こうに細い短い廊下が伸びているのが見えた。沈がその廊下の突き当たりまで入って、そこにあるドアを開け、向こう側の壁を手探りしてスイッチを入れ、明かりが点くと、出たところはステップの幅がきわめて狭い、裏階段ないし非常階段といった感じの、みすぼらしく老朽化した階段の途中にある小さな踊り場だった。

ここを降ります。足元に気をつけて。

踊り場ごとに九十度ずつ折れながらぐるぐると降りてゆく。沈(シェン)がまたドアを開け、向こう側の明かりを点灯する。こんどはもう少しちゃんとした廊下が正面に真っ直ぐ伸び、十メートルほど前方で左に折れていて、その先にはいくつかのドアが左右に並んでいる。沈(シェン)はいちばん手前の右側のドアを開け、さ、こちらへ、と言った。先に立ってなかへ入り、明かりを点ける。

シングルベッド、文机、椅子、小簞笥、洗面台があるだけの、商人宿と言うにふさわしい、大して広くもない簡素な寝室だった。建物の古さに見合って家具調度も古びたものばかりで、何の飾りもない壁には大小の染みが点々と残っていたりはするけれど、掃除は一応行き届いているように見える。

この部屋の窓も内張りをしてありますから、光は外に洩れないはずですが、まあ明かりは出来るだけ消しておいたほうがいいかもしれない。あっと……シャワーとかお風呂とかは、今夜はご遠慮いただくしかないかな、申し訳ありませんが……。

もうシャワーを浴びたりする余力は残っていないよ、とリーランドは言った。ベッドに飛びこんで寝るだけだ。

そこの洗面台は水が出ます。タオルは簞笥のなかにあるはずです。予備の毛布もね。寝間着みたいなものの準備はないと思いますが……。

いや、必要ない、と言いながらリーランドは、コートを丸めて文机のうえに放り投げ、重みがかかると支えのスプリングがきいきい軋むベッドに腰を下ろした。

明朝、目が覚めたら、下へ降りていって誰か雇い人をつかまえて、ぼくを呼び出してください。ぼくと美雨(メイユー)もこの宿屋のどこかの部屋に泊まるつもりですので。

何なんだい、この宿屋ってのは。あんたらの「息がかかっている」とか何とか、言ってたが……。

んん……ほら、馮篤生(フォン・ドゥーション)というあのお年寄り、先夜、お会いになった――。

美雨(メイユー)さんの伯父上の。

そう。この宿屋は馮大人(フォンダーレン)の持ちものなんですよ。

そうなのか。

折りを見て全面的に手を入れて、小綺麗なホテルに改装しようとか、そんな計画を持っていたらしいのですが、こういうご時世になってしまっては、それも……。さて、では、ぼくはもうこれで――。

沈(シェン)がそう言って部屋を出て行こうとするのを、リーランドは手で合図して制止し、あのな、と言った。

はい？

いつだかキャット・ストリートの路上であんたにロレックスを売りつけられた、あの日以来、じつはずっと引っかかっていたことなんだが……。

何ですか？

あんたの英語は流暢で、語彙も豊富だし、立派なものだ。ただ、アクセントというか抑揚がね……。中国語訛りというのとはちょっと違うような気がする。

はあ、そうですか、と沈（シェン）は無表情に応じ、開けかけたドアを閉め直し、部屋のなかに戻って文机の前の椅子に腰を下ろした。

中国語訛りというより、むしろ日本語訛り……とリーランドは言葉を継いだ。

いや、中国語訛りとおっしゃいますが、それは一概に言えるようなものじゃあないですから。そもそも中国語ってものじたい、いろいろですからね。ぼくのもともとの出身は、中国北部の——と、沈（シェン）が言いかけるのをリーランドは無遠慮に遮って、
英語を達者に操る日本人に、おれはいやと言うほど会ってきた、と言葉を継いだ。問題の谷尾悠介をはじめとして、だ。あんたの英語を聞いていると、どうもそういう一人と話しているような気がしてならないんだ。

少し間を置いて、
それは不思議ですね、と沈（シェン）はぼそっと呟いた。

あのな、先月の半ば頃だったか、百龍餐館の二階であんたと再会したあの晩……あんた

らは最初からおれの名前も経歴も知っていたんだよな。あらかじめおれの身元を調べ上げていたわけだろう。そのお返しというわけでもないが、おれもあの後、二年前に上海から香港へ移住してきた沈昊（シェン・ハオ）なる人物、馮篤生（フォン・ドゥーション）なる人物のことを少しばかり調べさせてもらった。まあいろいろ面白いことがわかったが、そんなことを今つらつらと喋る気はない。

リーランドはツイードのジャケットを脱がないまま、ベッドのうえにごろりと身を横たえた。スチーム暖房が少しは利いているようだが、部屋のなかの空気は肌寒い。

ただ、その調査の過程で、少しばかり興味深い事件の記録に行き当たってね。上海の工部局警察部に勤務していた日本人警察官で、指名手配になっている男がいる。同僚の警官一名を殺害し、やはり同僚のもう一名に重傷を負わせた容疑だ。またそいつには、軍機保護法違反の容疑もかかっている。ご存じと思うが、軍事機密の探知、収集、漏洩を罰する軍機保護法は、現今の情勢下の日本では、途方もなく重要な法律という扱いになっている。違反者に科される最高刑は、死刑だぜ。そいつはどうやら、中国語も英語も堪能な男らしいが……。

そうですか、と沈（シェン）が気の無い口調で言うのが聞こえた。仰臥して薄暗い裸電球の灯る天井を真っ直ぐ見上げているリーランドの視界には、沈（シェン）の顔は入ってこないので、彼がどんな表情を浮かべているのかわからない。

じっと立って張り番をするのはけっこう慣れている、とさっきあんたがぽろりと洩らしたんで、その事件のことをまたちょっと思い出してね。そういうことに慣れているのは、たとえば警察官だ……。

いや、べつだん警察官にはかぎらないでしょう、と沈(シェン)は静かに言ったが、その先の説明を続けようとはしなかった。

日本占領下の香港でどうやって生き延びるか、とあんたは何度も言ったよな。必死にならざるをえない、とも。

それは、リーランドさん、あなたにしたって同じことでしょう。

そう、たしかに。ミスター馮(フォン)がこないだ言ってた通り、われわれは「同じ側に立っている」と、それはまあ間違いない。ただしそれも、しつこいようだが、おおよそのところは、という留保がつく。今のところは、というのもな。あんたはおれに、谷尾悠介とつるむようにとしきりに勧めるけれど、おれが日本軍政庁と関わりを持つことが、仮初にも日本の側に立つことが、あんたにとって良いことなのか……どうなのか……本当のところは……まだよくわからんぜ……。

あくびをこらえて喋りつづけようとするうちに、言葉が途切れ途切れになり、語尾が曖昧になった。つまらんことをくどくど言ってるな、と思った。が、ここまで言った以上、もう一歩だけ踏みこんでやれと心を決め、大きなあくびを一つしたうえで、あのな、と付け加えた。あいつらがおれを尋問し拷問し、情報を吐き出させる、そういうことだってあるかもしれん。まさかとは思うが……。しかし、そういうことがあるかもしれんと言ったのはあんた自身だぜ。

沈（シェン）は黙っていた。ベッドに横になっているうちに、いっとき収まっていた眠気がまた急にぶり返してくる。どれほど沈黙が続いたのか、沈（シェン）の声が耳に届いていきなり現実に引き戻されたような気分になったところを見ると、そんなつもりはなかったが気づかないうちに軽いまどろみのなかに引きこまれかけていたのかもしれない。

明日の、いやつまりは今日のか、朝食ですがね、と沈（シェン）が明るい声を投げかけていた。リーランドがのろのろと首だけ上げてみると、いつの間にか沈（シェン）はまた戸口のところまで戻っていて、ノブを握りドアを開けようとしているところだった。陳（チェン）さんは生憎とぐっすり眠りこけている時刻で、使いものにならないけれど、ここの宿のおかみさんがとても美味しいお粥を作ってくれます。イギリス流の甘ったるいライス・プディングなんか顔色無しというようなやつをね。それを楽しみに、一階の食堂に下りてきてください。では、おやすみなさい。

沈（シェン）が出ていった後、リーランドは頭をまたベッドにことんと落とし、仰臥したまましばらく茫然と天井を見つめていたが、やがてのろのろと起き上がり、戸口の脇のスイッチのところまで行って、明かりを消した。たしかに、そうしておいたほうがいい。暗闇のなかを手探りしながらまたベッドまで戻り、こんどは横たわらずにマットレスの端に浅く腰かけた。

背中を丸め、闇のなかに目を凝らし、長いことそのままでいた。頭のなかを様々な思いや映像が駆けめぐり、ぐるぐる渦を巻き、ぶつかり合って火花を散らし、どうにも収拾がつかない。やがてその騒乱も少しは静まっていき、あの思いもこの思いも一緒くたになって灰色の疲労の海にゆるやかに溶けてゆく。その海のなかに引きずりこまれるようにして、知らず知らずのうちに体が斜めに傾いてゆく。その途中ではっと覚醒し、これではいかんと自分に気合いを入れ直した。リーランドはようやくジャケットを脱ぎ、ワイシャツのボタンを外して、寝支度に取りかかった。

一九六一年七月十五日土曜日

百龍餐館のある小路への曲がり角まで来たリーランドは一瞬立ち止まり、振り返って、ここまで人ごみを掻き分け掻き分けずっと歩いてきた摩羅上街（アッパー・ラスカー・ロウ）の後方に改めて視線を投げた。それからまた振り返り、前方の賑わいを茫然と見遣る。もうすっかり戦前の活況を取り戻したのだなという感慨につくづくうたれ、ため息をつきながらハンカチで首回りの汗を拭った。ぼんやり立ち止まっていると乱暴に突き飛ばされかねないこの押し合いへし合いの賑わいぶりは、もしかしたら今やもう戦前以上かもしれない。人いきれ、香料、煮炊きのにおい。通行人の声高なお喋りや物売りたちの呼び声の交錯が空へ昇ってゆく。薄闇が広がり出す時刻になっても昼の酷暑の余熱がまだ空気に籠もりつづけ、遠方の風景がかすかに揺らめいて見える、よく晴れた真夏の日の夕暮れどきだった。

香港が戦時に経験した「暗黒の三年八か月」を、あのいっときだけ人々が無理やり見させられた非現実的な悪夢のようなものだった、そして終わってしまえばきれいに消えてなくなるのが悪夢というものだ――そうあっさり思い做してしまえば、戦前と戦後は違和感なく接続する。今この通りを行き交う人々や車が発散している旺盛な活気は、リーランドの記憶に残る一九四一年十二月以前のキャット・ストリートの光景にそのままぴたりと重なり合う。

あれからもう二十年……。小路へ足を踏み入れていきながらリーランドはまたしても嘆息する。つい三日前にロンドンからのフライトで啓徳空港に降り立ったとき以来、彼はこの嘆息を何度も何度も繰り返している。

本当は、あれからもう十五年……という嘆息のほうがもちろん理にかなってはいる。リーランドが船で香港を離れたのは一九四六年五月のことなのだから。しかしその出発の直前、最後の頃に彼の目に映っていた香港は、日本占領下の疲弊と荒廃からまだ回復しきっておらず、戦時の傷痕をいたるところに残した、淋しくまたうら哀しい香港だった。だがそんな情けない風景は、リーランドがイギリスに戻って暮らす歳月が長くなるうちに、彼の心のなかで実際、悪夢の残り香のようなものと化し、徐々にぼやけて現実感を失っていき、今となっては香港と言えばまず第一にリーランドの記憶のなかから甦ってくる風景は、やはり日本軍の侵攻以前、すなわち四一年十二月以前のそれになっていった。

戦争勃発、それによる災厄の時代の始まりの、きな臭い予感がすでに空気中に濃厚に立ち籠めていたあの頃……にもかかわらず誰も彼もそんなものには気づかないふりをして、安逸と享楽に溺れていたあの頃……能天気な香港……。そして、十五年ぶりに帰ってきて目にした香港は、疲弊からも荒廃からも立ち上がり、傷痕を癒やし、二十年前の活気に満ちたあの香港にすんなりと戻りおおせたように見える。

そうした既視感によってとりあえず安堵した部分はある。香港はもう自分には何の馴染みもない町になってしまったのではないか、おまえの過去は無と化してしまったぞとでも言いたげに、よそよそしい顔を向けてくる見知らぬ町へと変貌してしまったのではないか。そんなささやかな警戒心を抱いて、身構えるような気持ちでイギリスからはるばるやって来た身としては、まあ良かった、香港はやっぱり香港だなと、ほっとしたことはたしかにしたのだ。だが他方、いくらか肩透かしを喰らったような気分もないではない。あの狂奔の一時期の記憶、日本軍の捕虜収容所でおくった苛酷な生活の記憶が、自分の心のなかでも現実世界でも、はかないまぼろしのように霧散しつつあることに、狐につままれたような思いがないでもない。

戦争が終わってもう十六年も経ったのだから、香港人の持ち前の活力をもってすればすでに十分以上の復興を遂げているのは当然だ、何の不思議もない、と自分に言い聞かせる。しかし、と同時に、それに引き換え、おれ自身のこの衰えようはどうだ、という自己憐憫がじわりと苦く心を浸す。あの頃まだ五十代だったおれが今やもう七十代も後半で、少々長く歩くと腰や膝の関節がたちまち疼き出すような体たらくだ。捕虜生活のさなかに悪くした腎臓をいたわりながら、高血圧に怯えながら、酒を控え、食いものに気を使い、ほとんど釣りだけを楽しみに孤独な老後を過ごしている。

この小路は昔はたしか、砕石を敷き詰めて固めただけの、簡易舗装の道だったのではないか、とふと思う。今はちゃんとしたアスファルト舗装になっているその小路も、週末だからなのか表通りのキャット・ストリート同様に人通りが多い。車の通行も可能なはずだが、人ごみを避けてのことかここまで入ってくる車はない。しばらく進んで、これはかつての記憶とはまったく異なる、真新しい店構えになっている百龍餐館の前に立った。白地に赤でくっきりと店名が書かれた大きなぴかぴかの看板が掲げられ、以前は閉まるとき軋み音を立てるスウィング・ドアだった表の扉は、滑らかに回る回転扉に取って代わられている。建物をまるまる建て替えたわけではなかろうが、かなりの金をかけて改修工事を行なった形跡がある。

店内に足を踏み入れると、タキシードに蝶ネクタイというほどではないにせよとにかくダーク・スーツにレジメンタル・タイというりゅうとした着こなしに身を固めた、四十がらみの中年男に迎えられた。もはやここは小汚い安料理屋ではなく、高級というカテゴリーの下限あたりに引っかかる格のレストランに成り上がっているのだ。

予約があるんだ、と、ざっかけないポロシャツに折り目の消えた皺だらけのズボンという身なりに少々引け目を感じながらリーランドは言った。

ブレント・リーランド様ですね、と、髪を短く刈った小肥りのその中年男は丁重に応じて頭を下げた。

そう。

承っております。二階の隅のテーブルというご指定でしたね。
リーランドはそのボーイだかマネージャーだかが手で指し示すのに従って、奥の階段のほうへ進んでいった。

まだ夕闇が広がり出したばかりの時刻なのに、百龍餐館はすでに一階二階両フロアともに煌々と照明されていた。当時のこの店の一階は、黴臭い廃屋のようなみすぼらしさで、薄暗がりのなかに沈みこんでいたものだが、今は立派な調度がしつらえられ、格式あるレストランの体をなしている。階段を昇ると、二階もそれに劣らぬ豪勢な印象で、絡み合う竜たちを彫ったチーク材のレリーフが壁にめぐらされ、糊の利いた制服を着た小姐（シアオジエ）が深々と頭を下げる。その小姐（シアオジエ）に先導され、リーランドは自分をやや場違いに感じながら隅の四人掛けの卓についた。他の客は一階にはひと組だけ、二階は無人で、しかしこれは今はまだ夕食には早すぎる時刻だからで、これからだんだん混みはじめるのだろうと思われた。今の百龍餐館は繁盛したレストランになっていると沈（シエン）は言っていた。

注文は相客が来てからにする、とリーランドは小姐（シアオジエ）に言った。とにかくまずビールをくれ……いや、ウィスキーにするか。スコッチのブレンドものなら何でもいい。ストレートで……。

運ばれてきたウィスキーを、ひと息にぐっと呷りたい欲求をこらえながら、ちびちびと啜る。昨日も一昨日もビールしか飲んでいないから、今夜は多少羽目を外しても構わないだろう、と思った。窓越しに小路の人の行き交いを見下ろし、さてそろそろあの二人が現われるかと待ち構えた。早く来てくれないと食事が始まらないうちに酔っぱらってしまう。……

香港再訪に至る成り行きは、今年の三月、ウェールズ地方の小さな村の自宅で、一通の航空便を受け取ったところから始まった。差し出し人の名前が記されていない封筒を首をかしげながら開けると、なかには一枚の紙がぺらりと入っているだけだった。その紙にボールペンで走り書きされた、「親愛なるブレント——」で始まる英文の文面はごく短いものだった。

——この手紙があなたに届くかどうかわからない。ずいぶん長い空白があったからね。何度か電話をかけてみたのだけれど、もう使われていない番号ですという自動応答があっただけだ。ぼくの知っているあなたの電話番号はずいぶん古いものだから、まあ仕方あるまい。たぶん住所も変わっているのかな。とくに何か用件があるわけじゃないけれど、ただ、あなたと何か言葉を交わしてみたくなった。よかったら電話をくれないか。もし薔薇の剪定で忙しくなければ、の話だけれど！

それだけだった。最後に“Your friend”とあり、「黄海栄」という署名がそれに続き、住所と電話番号が付されている。署名は漢字三文字だけで、アルファベットは添えられていない。自分の友だちの漢字名くらい読めるだろうということか。読めて当然だ、読めなかったら赦さないよ、という言外の威嚇も籠められていたかもしれない。黄海栄（ホアン・ハイロン）は、リーランドの中国語能力が、話す・聞くにしても読む・書くにしても、香港暮らしがかなり長い歳月にわたったわりには大して上達しなかったことを、よくからかいの、あるいは非難の種にしていたものだ。時には呆れたように、時には腹立たしげに、あんたがた「宗主国」の人間は、何でも英語で事足りると高を括っているからねえ、「現地人」の言葉や文化を理解することに、労力をかける気も時間を割く気もないからねえ、と天を仰いで慨嘆することがあった。

じつはリーランドの中国語の理解はけっこう深く、かなり沢山の漢字も知っていた。「広東語を達者に喋るブレントさん」という顔で親交を深めてきた香港人も、社会の上層下層を問わずあちこちにいた。だが黄（ホアン）や谷尾との付き合いでは、おれは中国語なんか碌にわからんよ、役所に閉じ籠もって書類仕事をしているだけの、こっちの生活の現実にはとんと疎い、生粋のイギリス人だからなあ、食いものを注文するのも売春宿で女を買うのも、こっちでは英語で何の不自由もないしなあ——といったポーズを意図的にとっていたのだ。

もっとも黄（ホアン）は黄（ホアン）で、そんなポーズの裏に隠されたものを見抜くだけの犀利（さいり）な人間理解を持つ男だったから——それは谷尾にしても同じだったが——、ポーズをポーズとして受け入れたうえで、それにとりあえず騙されたふりをして、リーランドの人物像を「植民地事情に対して無理解で傲慢な大英帝国臣民」という紋切り型のイメージに押しこめて、それをからかったりそれに対して憤慨したりしてみせていただけかもしれない。そういうゲームを演じるのを彼なりに楽しんでいたのかもしれない。

ちなみに、娼婦との交渉の話をはじめ悪（わる）ぶって露骨な猥談をひとしきり繰り広げてみせるのもリーランドの座敷芸の一つだったが、じつを言えば彼は悪所に出入りしたことなど一度もなかった。リーランドは敬虔な信仰も厳格な道徳観も持ち合わせていない男だが、なぜか性に関してだけは妙に潔癖なところがあった。

黄（ホアン）からのその手紙をリーランドが発見したのは一九六一年三月初め、ひと月と少し留守にした後自宅に帰って、溜まった郵便物の山をげんなりしながら掘り返している最中のことだった。むろん「黄海栄」の三つの漢字を忘れるはずはなかった。その前の“Your friend”という単純な二語も心に沁みた。文面を読み、香港が真夜中でないのを確かめるなり即座に受話器を取り、手紙の末尾に記された番号に電話をかけた。長いこと呼び出し音が鳴った挙げ句、ようやく受話器が取られた気配があり、

喂（ワイ）（もしもし）……？　と広東語で答えるかなりの老齢と思われる女の声が聞こえてきた。

黄海栄（ホアン・ハイロン）と話したいのですが、と、今ではもう広東語の言い回しがとっさには出なくなってしまったリーランドが英語で言うと、一瞬、息を呑んだような沈黙があった後、

Sorry, he died.——という簡潔な答えが返ってきて、息を呑むのはこんどはリーランドのほうだった。

え……死んだ……?

はい。

それはいつのことですか?

先月……です。

女の英語は香港人にしてはあまり上手でなく、たどたどしいものだった。

あなたは彼の……? とリーランドが訊いてみると、

わたしは海栄(ハイロン)の母です、という答えが返ってきた。

それは……どうも……ご愁傷様です。

沈黙があった。

ええと……わたしはブレント・リーランドという者で、黄(ホアン)の友人です。彼が亡くなったというのは、いったいどういう……それは病気か何かでしょうか、それとも……とためらいがちに言いかけたリーランドの言葉を遮るように、

Sorry, I have to go. という声が聞こえて電話はいきなり切れた。

ツー、ツー、ツーという機械音しか聞こえなくなってしまった受話器を耳に当てたまま、リーランドはしばらく茫然と立ち竦んでいた。受話器を戻しながらまず頭に浮かんだ

のは、おれは薔薇作りなんかしていないよ、と黄（ホアン）に言う機会を永久に失ってしまったな、ということだった。

　引退後の余生を庭仕事に熱中して過ごすのがイギリス人というものだ——なんてのは誤解だ、あんたのつまらない固定観念だ。ウェールズ地方の小さな村のこの古家には、たしかに狭い裏庭も付いてるけれど、おれはほったらかしにしたままで何の植物も植えていない。雑草が生い茂って荒れほうだいだが、手入れをしようなんて気も起こらない。年取ってからおれが覚えた趣味はね、庭仕事じゃなくて釣りなんだ。釣りは面白いし、奥が深い。老人の趣味としてはなかなか良いもんだぜ。今回だって、ひと月もかけてスコットランドのあちこちの湖沼（ロッホ）や川を回って、パイク釣りを満喫してきたところなんだ。サーモンやトラウトだと、この厳冬の季節でも川の流れのなかにじゃぶじゃぶ入っていかなくちゃならないから、腰と膝に痛みを抱えるおれにはまず無理だが、パイク相手なら、まあ岸辺でのんびり糸を垂れているだけでけっこう楽しめる。あっちこっちのＢ＆Ｂを渡り歩いたよ。まあじつのところ、釣りに出るのも億劫で、宿の連中とお喋りしたり飲み交わしたりして時間を潰していた日のほうが多かったかな。やっと自宅に戻って、溜まっていた郵便物の山のなかからあんたの手紙を見つけたときは本当に嬉しかった。どうだい、あんたのほうは元気かい、近頃は何をしてるんだ、相変わらず貿易会社に勤めてるのか……。

　そうした言葉を黄（ホアン）の耳に届ける機会はもはやない。

そう言ったら、黄のほうはどんな答えを返してきただろう。ほう、釣りですか。釣りと言ったら何しろ中国が本場ですよ。いったい、イギリス人なんぞに、釣りという遊びの奥深さが理解できるのですかねえ。おたくの国ではケルト人が野蛮な暮らしをしていた頃から、わが民族は釣りを高雅な趣味として楽しんでいたんですからね。その楽しみをわが国の大詩人たちは古来、見事に謳い上げてもきた、たとえば……。

そういう生意気なことをあれこれ言い返してくる黄の声を聞く機会ももはやない。

悲しみという感情は湧いてこなかった。ただ茫然自失しただけだ。そもそも黄のことなどここ何年もすっかり忘れていて、思い出すこともなかったのだし……。何時間か経って茫然自失が少し醒めてくると疑いが湧いた。英語がたどたどしかったあの女、「彼の母です」と名乗ったが、人違いか何かではないのか。もう一度電話を掛け直してみようか。しかし、同じ女が出て、またあのにべもない応対をされたら気ぶっせいだな……。リーランドは黄の手紙を何度も読み直し、それにしても彼はこれを香港でいったいいつ投函したのだろう、と訝った。消印の日付を確かめてみようとしたが、掠れてしまっていて読み取れない。黄が封筒に書きつけてきた住所はロンドンのフラット宛てで、たしかにそこにリーランドはかなり長く住んでいたが、その後二回の転居を重ね、さらにこのウェールズの古家に引っ越してきたのだった。それがすでにもう四年前のことになる。

封筒には郵便局員だかその住所の現在の住人だかの、それぞれ筆跡を異にする手で、三度にわたるその転居先の住所が書きつけられているが、転送に転送を重ねてよくもまあ届いたものである。しかし転送が繰り返される過程で、この手紙が郵便システムの迷路のなかのどこかしらで棚ざらしになり、何日も、ひょっとしたら何週間も宙に迷っていた可能性もなくはあるまい。そもそもこの手紙はひと月少々にわたったおれの不在中の、いつ頃届いていたのだろうか。おれが釣り旅行に出立したのは一月末のことだが、手紙は二月初めあたりにはもう届いていたのかもしれない。黄は先月、つまり二月に死んだのだというが……。

いずれにせよその死は、この手紙を出した後、さほど時日が経たないうちに訪れたに違いあるまい、とリーランドは思った。文面にある「あなたと何か言葉を交わしてみたくなった」という彼の気持ちは、その死と何か関係があるのだろうか。こいつはこれを書いた後ほどなく死んでしまったのだという思いとともに見るせいかもしれないが、ボールペンによる黄の手跡は、力の籠もらない、弱々しいものだった。何度も何度も読み返すほどに、それはますますとりとめのない、生命力の薄い筆跡に見えてくる。

結局、手紙に書かれた黄の住所に、「黄海栄・ご親族様」といった曖昧な宛て名書きで、とりあえずお悔やみの手紙を出しておくことにした。文面は決まりきった型通りの、表面的なものにならざるをえない――黄海栄君のあまりに早すぎたご逝去を知って、驚き、また深く悲しんでおります。わたしはずいぶん昔に黄君と親交があった者で、最近彼から手紙を頂戴し、久しぶりに連絡を取って旧交を温めようとしていたところでした。ご親族の方々のお嘆きはさぞかし大きいことと拝察いたします、云々。

少し時間が経ってから、もう一度電話を掛けてみようと思っていた。しかし、その電話を掛ける前に、リーランドの出したお悔やみ状に対する返信が、打てば響くようなすばやさと言うのか、速達の航空便で届いたのだ。差し出し人はグウィネス・ホアン。

グウィネス……？　何か聞き覚えがあるなと思いながら封筒を開けたが、タイプで打たれた文面を読みはじめるやすぐさま思い出した。戦争が始まる前のいっとき黄（ホアン）と同棲していたイギリス人の女が、グウィネスという名前だった。

——お手紙をどうも有難うございます、と手紙は書き出されていた。ブレント・リーランド、あなたの名前は海栄（ハイロン）からよく聞いていました。じつはわたしは、あなたに一度だけ会ったことがあります。海栄（ハイロン）が、あなたともう一人、日本人のお友だちを、わたしたちのアパートに連れてきたことがありました。わたしはすぐ寝室に引き取ってしまったし、あなたはアパートにいらした時点でもうすでにずいぶん酔っていらっしゃったようですから、あなたのほうは覚えていないかもしれませんが。海栄（ハイロン）と日本人のお友だちとのあいだで激しい口論が持ち上がった晩と言えば、思い出されるかもしれません。一九四一年のことでした。日本と英米とのあいだに戦争が始まった年……。ただ、わたしは日本軍によるハワイの真珠湾軍港攻撃の直前に、海栄（ハイロン）と別れ、一人でイギリスに帰国してしまったのですけれど。

——その後、イギリスにも香港にも、世界全体にも、またわたしと海栄の人生にもいろいろなことがありました。わたしは十年ほど前に香港に戻り、彼と再会し、結婚しました。

そこまで読んでリーランドは、黄海栄はたしか一九〇八年生まれだったはずだ、と考えた。今年は一九六一年……可哀そうにあいつ、五十代の半ばにも届かずに死んでしまったのか。で、グウィネスの年齢は……そう、黄に紹介されたときたしか、この女は二十代の半ばか、それを少し越したくらいかと思った記憶がある。手紙を読み進めるうちに、もう二十年も昔に遡る——リーランドが「諍いの夜」として記憶している——あの晩、ほんの少しだけ言葉を交わした金髪のグウィネスの癖の強い美貌や、指のあいだに煙草を挟んだままリーランドと谷尾悠介に面倒臭そうに挨拶したときの、いくぶん不機嫌そうな微笑が、徐々に甦ってきた。仮にあのとき二十六歳だったとすると、彼女は一九一五年生まれでいま四十六歳ということになる。つまり彼女は三十代の後半に入って、戦争終結後数年経った香港にまた戻ってきた。そして黄と再会し結婚した。イギリスに去ったグウィネスに、黄が強い執着を抱きつづけていたのはリーランドも知っていた。グウィネスのほうは、さあどうだったのか。十年もの別離の時間——そのさなかに戦争が始まり、そして終わった——を経て香港に戻って黄と再会し、やはり自分はこの男を愛しているとそのとき改めて気づいたのか。それとも最初から心を決めていて、黄（ホアン）と結婚するためにイギリスから戻ってきたのか。

――海棠（ハイロン）は食道癌でこの二月二十一日に亡くなりました。彼があなたに手紙を出していたのは知りませんでした。最後の二か月は、もう病院暮らしは真っ平だと宣言して、医者の制止を振り切って強引に退院してしまい、自宅で療養していたのですが、あなたや日本人のお友だちを懐かしく思う気持ちがつのっていたのかもしれません。

「ただ、あなたと何か言葉を交わしてみたくなった」――彼はリーランドにそう書き送ってきたのだった。スコットランドでパイク釣りなんぞにうつつを抜かしていた自分の間抜けぶりが、リーランドは恨めしかった。もし二月二十一日以前に黄（ホアン）の手紙を手にしていたら――自宅にいさえすればその可能性は十分にあった――、彼と電話で話すことができたはずなのだ。その会話は恐らく軽口の応酬で終わって、深刻めいた話は何もしなかったかもしれない。いや深刻かそうでないかを問わず、どのみち黄（ホアン）にはもはや長い会話を交わす体力と気力は残っていなかったかもしれない。いずれにせよあのプライドの高い黄（ホアン）のことだから、自分の病気のことなどひとことも洩らさなかったのではないか。しかしともかく互いの声を聞くことはできた。

――たぶん先日、一度お電話をいただいたのですよね。わたしはちょうど外出していて、少し頭が惚けかけてきている海棠（ハイロン）のお母様が電話を受けたようです。遺品の整理のためにたまたまわたしどものアパートに来ていたのです。「ブレットとかブレントとかいう人」から電話があった、と言っていましたから。

――最後の頃は痛々しいほど痩せこけてしまいましたが、モルヒネの注射を続けていたので苦痛は大してなかったようです。安らかな死に顔でした。そのことだけお伝えしたくてこの手紙を書きました。彼にとってはどうやら、開戦前のあの短い一時期に起きたいろいろなことが、とりわけあなたや日本人のお友だちとの交際が、とても大切な――もしかしたら生涯でいちばん幸福な――思い出だったようです。わたしにとってもそうかもしれません。


手紙はそこで唐突に途切れていた。

リーランドはすぐ返事を書いたが、書き出すとすぐに、書くべき内容を自分はほとんど持っていないことに気づかざるをえなかった。あなたのことはよく覚えています、とともかくは書いた。それから、わたしにとって黄海栄（ホアン・ハイロン）は大事な友人でしたとか、どうかあまりお力落としのないようにとか、もし機会があって生涯にもう一度香港に行けたら、ぜひ彼の墓に詣でたいと思っていますとか――あれこれ言葉を継いだが、どれもこれもつまらない、形式的な社交辞令にすぎず、書きながら我にもあらずげんなりせずにいられない。しかしともかく書いてそれを投函した。その手紙に対するグウィネス・ホアンからの返信は当然ながらなかった。

ところが、それから三か月ほど経った六月半ばのこと、またグウィネスからの手紙が届き、それは香港のとある画廊で七月に開かれる彼女の個展の案内状だった。「グウィネスは絵を描いてるんです、とても素敵な絵……」という黄（ホアン）の言葉がリーランドの心に卒然と甦ってきた。そうか、その「素敵な絵」というのはたんに素人の趣味といったものではなかったのか、あの女は画廊で個展を開くようなプロの画家だったのか……。案内状に印刷された経歴を見ると、香港でもロンドンでもかなりの回数の個展を重ね、ヨーロッパのいくつもの現代美術館がグウィネスの作品を購入しているという。ほう、と感心したが、リーランドがそれよりも興味を惹かれたのは、最後の余白の部分にグウィネス自身の手で添えられたほんの二行ほどの走り書きだった――「油麻地（ヤウマーティ）にあるShanghai Jewelleryという宝石店のご主人は、あなたの知り合いだそうですね。What a small world!」

油麻地（ヤウマーティ）の宝石店と言われて思い当たるものは何もない。店名にも心当たりはない。ただ、戦前の香港でリーランドが築いた人間関係のなかで、けっこう懇意になった古物商や貴金属商が何人かいないわけではない。それは主にキャット・ストリート関係の人脈だが、当時あの通りで商売をしていた知り合いの誰かが、戦後、九龍半島側の下町の油麻地（ヤウマーティ）に移って店を出したというのはありうることだった。さて、誰だろう。それにしても、グウィネス・ホアンはその男だか女だかと、どういう縁で知り合ったのか。

考えの糸はそれきり切れてしまったが、記憶の迷路をぼんやりとさまよいながらあれこれ思いをめぐらすという心の作業は、識閾下でその後ずっと持続していたのかもしれない。とくに「上海」の一語をめぐるあるかなきかの違和感が、そうとはっきり意識されないままリーランドの心をかすかに引っ掻きつづけていたのかもしれない。シャンハイ・ジュエリー社……「上海珠宝行」とでもいうのか……しかし香港なのになぜ上海なんだ……？ 翌々日の目覚め際、「上海」と「宝石店」という二つの単語が接触しスパークして、ある男の声の響きが甦ってきた。「……そのうち時計屋か宝石屋を始めるかもしれません」という声。

リーランドは国際通話で香港の電話番号案内を呼び出し、シャンハイ・ジュエリーの番号を調べてもらった。そしてその番号にすぐかけてみた。ハロー、シャンハイ・ジュエリー、カナイヘルプユー、と早口の英語で応答してきた女性に、

ミスター沈と話したいのだが、と言った。

どちら様でしょうか。

んん……彼の客だよ。

his customer——と簡潔に言った。

はあ……お名前は、と女が訊いてくるので、

ロレックスの腕時計を買った男だと言ってくれ、とぶっきらぼうに言った。

あの……当店では時計は扱っていませんが……。

昔の話だよ。あのロレックスは難があるので返品させてくれないか。ミスター沈（シェン）にそう言ってくれれば彼にはわかる。

少しためらった後、女は、

そのままお待ちください、と言って受話器を置いた。続いて、やや離れたところで何やら中国語の会話が交わされているのが聞こえる。内容までは聞き取れない。電話を掛ける前は、当たる確率はフィフティ・フィフティくらいかなと思っていたものだが、大した根拠もなかったあやふやな憶測がどうやらずばりと的中したようだった。十秒ほども待たされただろうか、向こうの受話器を誰かが手に取った気配があり、リーランドは相手がハローと呼びかけてくるのを待った。が、受話器を耳に当てているに違いない相手は黙ったままでいる。リーランドも黙っていた。数秒の沈黙の後、

ブレント・リーランド？　とためらいがちに呟く沈昊（シェン・ハオ）の声がリーランドの耳に伝わってきた。

ミスター沈（シェン）、記憶力が良いな、おれを覚えていたか。

沈昊（シェン・ハオ）が朗らかな笑い声を立てていた。

もちろんですとも。あなたの声が聞けて嬉しいです。いま香港にいらっしゃるのですか、それともイギリス？

イギリスの田舎だよ。

そうですか……。あのロレックスですがね、一度売ったものはもう引き取れませんよ。あなたのほうはどうも記憶力が怪しいようですねえ、困ったもんだ、以前にもそうはっきりと言ったじゃないですか。

そうだったかな。じゃあ仕方ない、諦めよう。……いや、本当のことを言えば、あれはもう手元にないんだ。捕虜収容所に入ったとき日本兵に取り上げられちまった。

そうですか。

沈黙が下りた。「お元気ですか？」「元気だよ、あんたは？」「何とかやってます」――そんな通り一遍の、型に嵌まった挨拶を交わす気にはなれなかった。恐らく沈(シェン)のほうもそうなのではないか。一九四二年初頭から春にかけて沈(シェン)とは何度か会ったが――場所はいつもあの百龍餐館の二階だった――、それは日本軍占領下の香港でお互いが生き延びるための、いわば生死を賭けた情報交換がその目的で、のんびりした社交辞令に時間を費やす余裕はなかった。そういう緊迫したやり取りは、あれは戦時のことで、戦争が終わって平和が戻った今なら、この男とのどかな社交会話を楽しんでもよい――心のギヤをがちゃりとシフトしてそういう気分になれればいいわけだが、いきなりそうなるのはどうも無理のようだった。

いろんなことがありましたね、と沈(シェン)が小声でぽつりと言った。

イエス。

結局、収容所に……そうですか。あなたとうとう連絡がつかなくなってしまったのは、あれはいつ頃だったかな。捕虜収容所……そういうことだろうとは思っていたけれど……。しかし、何はともあれ、良かったですね。

リーランドは一瞬黙りこみ、それから、

そう、たしかに、とだけ言ってそれ以上言葉を継ぐことはしなかった。何が良かったか、悪かったかを喋り出してしまうと話がとめどなく長くなり、収拾がつかなくなってしまうのは、リーランドがよくわかっているように沈（シェン）にもわかっているはずだった。収容所で死なずに済んで良かった。お互い生き延びられて良かった。いや何よりもまず、戦争が終わって本当に良かった。しかしそんな大袈裟な言葉を二十年近くの空白の後いきなり並べ立てるのも、違和感が先に立って憚られる。

それにしても、よくぼくを見つけてくれましたね。……あっ、そうか、グウィネス・ホアン……？

イエス。

先々週だったか、彼女は自分の指輪やイヤリングを処分したいと言ってきたんです。ぼくはミスター黄（ホアン）のほうはかなりよく知っていましてね。海外との取り引きに関して、彼の勤めていた貿易会社の世話になっていたんです。その間、担当者がずっと彼だったので。

あいつはおれの友だちだった、とリーランドは言った。

知ってます。一緒に飲む機会が何度かあったんですが、彼は戦前の香港の話をするのが好きでねえ。そのときあなたの名前が何度も出ました。こっちは、そのブレント・リーランドなら、ぼくもちょっぴり面識があったかな……と漠然と言っておいただけですが。

世間は狭い——とグウィネスが手紙に書いてきたよ。

奥さんのほうは、ミスター黄(ホアン)の葬式で会ったのが初対面みたいなものでした。そのとき名刺を渡しておいたら、先々週、ジュエリーをまとめて売りたいのだが買ってくれないか、という電話がかかってきたんです。ぼくはミスター黄(ホアン)がとても好きだったし、闘病が長引いて大変だったことも知っているんで、買い取り価格はかなりサービスさせてもらいました。……おやおや、国際通話でしたね、すみません、つまらないことを喋っているうちに通話料金がどんどん嵩んでゆく……。

いいさ、料金なんか気にするな。じゃあ、あんた、とうとう宝石店を開いて、商売は順調なんだな。けっこうなことだ。

まあ、そこそこですがねえ。何しろ香港人は、とくに金持ち連中は、ジュエリー好きですから。彼らは銀行なんかあんまり信用していなくて、財産は金(ゴールド)やダイヤモンドに換え、いつでもさっとまとめて逃げ出せるように手元に置いておきたがる。あなたはどうしてるんです？　悠々自適の隠居暮らしですか？

まあそんなもんだな。イギリスに戻って、ロンドンで昔の友だちの仕事を少し手伝った後、もう何もかも店仕舞いして、ウェールズの田舎に引っこんだ。

そう言えばウェールズ地方のお生まれでしたね、リーランドさんは。

いま住んでる小さな村は、おれが生まれた町からはかなり離れているけどな。

それからリーランドは釣りの話を少しした。彼が自分の近況として喋れる話題は実際、釣りくらいのものだった。沈(シェン)はリーランドの質問に答えて、馮篤生(フォン・ドゥーション)は一九四四年に、その姪の美雨(メイユー)は四九年に死んだ、と教えてくれた。アイム・ソリー、とだけリーランドは言った。美雨(メイユー)は死などまだまだ縁遠い若さだったはずだが、あのどこか生命力の薄い、はかなげな美貌を思い出すと、死んだと聞いても驚きを感じることはなかった。事故に遭ったとか何かではなく、病死だったに違いないと直感された。

過去の話はあまりしたくないとなると、とりあえずそのあたりでもう話題の種も尽きてしまう。いや、話題は本当はありすぎるほどあるはずだったが、リーランドも沈(シェン)も、自分からは口火を切りたくなくて黙っていたと言うべきか。

ともかくあんたの声が聞けて嬉しいよ、とリーランドは言った。

ぼくも嬉しいです。

また会いたいもんだな。あの小汚い料理屋で……。

沈(シェン)がまた爽やかな笑い声を立てた。

百龍餐館はまだありますよ。経営者が変わってね、改装され、すっかり綺麗なレストランに生まれ変わりました。陳老人、覚えてますか？　料理人の……？

　もちろん。

　彼も亡くなりました。戦争が終わって、その翌々年でしたか……。今や店は立派になったけれど、戦前と比べれば料理の味はやっぱり落ちましたね。それでも店構えが豪華なので、けっこう繁盛しているようだけれど。

　人は見かけに騙されるから。

　すると、少し間を置いてから、
　そうですね、といくぶん警戒気味の口調で沈は相槌を打った。

　じゃあ、またな。

　電話をくださってどうも有難う、ミスター・リーランド。

　沈はリーランドの住所や電話番号を尋ねることなく通話を切った。口調は平静だったが内心ではけっこう動揺していて、尋ね忘れたのか。それとも、それをわざわざ尋ねることをしないという選択じたいが、彼の心境の表明だったのか。受話器を置きながらリーランドは、この程度の短いさりげない会話を黄海栄と、彼が死ぬ前になぜ交わせなかったのか、と思い、改めて深甚な喪失感が腹の底から込み上げてくるのを感じた。

　と同時に、黄のことを考えればいつもそれと一緒に思い出さずにいられない谷尾悠介の顔が脳裡に甦り、あいつはいったいどうしているかなという、近頃よく浮かぶ問いがまた頭をよぎった。音信不通になって久しいが、何とか伝手をたぐって連絡を取ってみようか。あいつ、嫌がるかな……。もう過去は振り捨てて生きていきたい、過去を思い出させる物とも人とももう関わりを持ちたくない、そんな心境でいるのか……。そうでもないんじゃないかという気もするが、さあ、どうだろう、とリーランドは首をかしげた。人の気持ちはわからないからな、と改めて思う。目の前にいる人の気持ちすらじつはわかりもしないのに、そこに二十年近い空白が挟まったら、もうお手上げだ……。

　谷尾の顔が甦ってくると言っても、その顔はやはり一九四一年十二月の戦争勃発以前の、黄（ホアン）、谷尾、そしてリーランドという三人組でよくつるんで飲んでいた頃の顔、まだ四十代半ばだった谷尾の、壮年の男の顔だった。その後谷尾には一度だけ、四六年のたしか三月に黄（ホアン）が招集をかけてきたとき、ペニンシュラ・ホテルのバーで会っている。四年三か月ぶりで再会した谷尾の顔にはすでに老いの相が現われていると感じ入ったものだ。表情から生気が失せ、声の張りもなくなり、ずいぶん苦労したのだろうな、嫌なことが山ほどあったのだろうなと思ったものだ。ペニンシュラの玄関口で別れたとき最後に見た谷尾の顔がそれだが、しかしその顔はもはやぼやけて曖昧になっている。今になってしきりに思い出されるのはやはり、シェイクスピアや世界情勢や日本軍の動向をめぐって、ぐたぐたと、ぐずぐずと、あるいはつらつらと、結論の出ないとりとめのないお喋りを続けながら酔っぱらっていた頃の、男盛りの谷尾の顔だ。その谷尾も今はもう——そう、六十代半ばになっているはずだ。あいつはどうしているだろう。尾羽打ち枯らして塞ぎこんだ老人になっているだろうか、それとも何か生きがいを見つけて生き生きした表情で毎日をおくっているだろうか。そのどちらでもいいから、ちょっと声を聞いてみたい。いや、本当ならただ電話で声を聞くだけではなく、またひと晩ゆっくりと酒を酌み交わしつつ、シェイクスピアをめぐる無駄話に耽ってみたい、と思う。

一週間ほど経って、香港に行こうとリーランドは心を決めた。金は、まあある。暇は、腐るほどある。体力は、あの頃のようにスエズ運河を通って延々と航行してゆく船旅ではなく今はジェット機でびゅんと飛んで行けるのだから、一週間程度の旅行なら何とか持ちこたえられるだろう、と思った。いや体力と気力に関して言うなら、おれとしては今の年齢くらいがひょっとしたらもうぎりぎりの限界かもしれない、とも思った。この先さらに歳を重ねれば後はもう衰えてゆく一方に違いない。今この機会を逸したら、香港再訪の機会はおれの人生にはもうめぐってこないかもしれない。

再訪の理由は、二十年前にたった一度会っただけの画家の女の開く個展を見物すること。なかなか乙な口実ではないか、と考えると、つい自己満足の笑みが口の端に浮かんでしまう。

しかしグウィネスへの手紙にはそんなことは書かなかった。たんに、ある用件で香港に行くことになった、ついてはぜひお目にかかりたいと思っていると書いただけだ。——折り良くあなたの個展の開催期間中に香港に滞在することになったので、作品を拝見させていただくのを楽しみにしています。ところでそれとは別に、あなたと、それから昔の友人であるシャンハイ・ジュエリーのミスター沈（シェン）のお二人を、七月十五日の土曜日の夜、夕食にご招待したいと思っているのですが、ご都合はいかがでしょうか。場所は香港島上環（ションワン）地区にある百龍餐館というレストランを考えています……。沈（シェン）にも同じような内容の手紙を書き、シャンハイ・ジュエリーの住所を調べてそこ宛てに投函した。

　電話でなく手紙にしたのは、電話をかけて口頭で言うと相手がこっちの招待を断わりにくくなるのではないかと案じたからだ。とともに、相手が断わってくる言葉を――申し訳なさそうにか、断わる口実を探しながらもごもごと口籠もりながらか、それともぴしゃりと、無愛想に、にべもなくか、それはわからないが――電話口で自分の耳で聞くのが嫌だったからでもある。忙しい滞在なのでこっちはその日しか空いていないとでも言いたげに、日取りも手前勝手に、一方的に指定してみた。そのほうが相手も断わりやすいだろう。断わってきたら、さあどうする、香港行きはやっぱり止めにするか。まあそのときはそのときで改めて考えよう、と思った。

　しかし、まずグウィネスから、次いで沈（シェン）から短い返信が来て、二人とも、夕食のご招待をお受けします、楽しみにしています、と言ってきた。……

　そうした経緯を思い返しながら、リーランドは百龍餐館の二階の隅の席で、水でもソーダでも割らない生のままのウィスキーを啜っていた。窓越しに見下ろす街路が夕闇に浸されてゆく。闇はある時点以降、思いのほか急速に濃く深くなって、行き交う人々の姿を灰色の影の群れに変えてゆく。

グウィネスも沈も、なぜおれに呼び出されたのか、これがどういう趣旨の会食なのか、よくわからないまま、訝しみつつやって来るかもしれない。しかしじつを言えばリーフンド自身にとっても、自分の発案のこの会食の意味は不得要領なままなのだ。グウィネスも沈も、知り合いではあるが、友人と言えるような仲ではない。三人で会って何の話をしたらいいのか、今の今になってもじつはよくわからない。話すことなどひょっとしたら何もないのかもしれない。言ってみれば、たんなる衝動的な思いつきだった。

ただ、七十代も後半に入った人間は、もはや衝動の赴くままに振る舞っていいはずだという点に関してだけは、妙に依怙地な確信があった。振り返ってみると、衝動的に行動することでいろいろな間違いをやらかしてきた人生だった、としみじみ思う。しかし、つい衝動に身を委ねかけ、これは衝動だからまずいと思い直し、ことさら自制し、足を踏み出さないまま終わってしまい、それを後々つくづく後悔するといったことだって、けっこう少なくなかった、とも思う。やらないで後悔するよりはやって後悔したほうが良い、というのはたぶん人生の至高の真理なのだ。

衝動のなかにこそ、おれという人間の本性が現われる。大袈裟な物言いをあえてするなら、おれ自身の「真実」が、あるいは「運命」がそこに現われる。そうではないだろうか。そしてこの歳になればそれに素直に従って行動するのがいちばん良いのだ、それがそう大した錯誤に結びつくことももはやないはずだと、そんな気がしてならない。では、この会食を提案したくなったという、その衝動に含まれている「真実」とは、いったいいかなるものなのか。

生き残りということかな、とリーランドはふと思い、ウィスキーをまたひと口啜った。生き残った三人がとにかく一堂に会して、酒を飲み飯を食う。それだけのことではある。しかし、それだけのことにも多少の意味があるはずだ——おれはそんな気になったのではないか。そこまで考えを進めたとき、沈昊（シェン・ハオ）が階段を昇ってきて姿を現わした。

真っ白な半袖の開襟シャツにベージュのチノ・パンツという姿の沈（シェン）は、満面に笑みを浮かべてリーランドに近寄り、手を差し出してきた。

元気そうだな、とリーランドは、席についた沈（シェン）に向かって平凡な挨拶の言葉を口にした。

あなたもね。

そう……。だが、しかし、腰がね、それから膝も……。いやいや、止めておこう、体の不調を嘆く老人は若者から嫌がられる。

ぼくは若者じゃありませんよ、もう五十二ですから、と沈（シェン）は明るい声で言う。

何の何の、この男、鬢に白いものが混じり、目尻に皺が増え出しているが、四十代半ばと言っても通用する、とリーランドは思った。何より姿勢が良い。目つきの鋭い男として記憶していたものだが、今目の前にいる男の柔和な目を見ると、その記憶はまったくの見当違いだったかなとふと疑いが湧く。とはいえ、柔和な光をたたえた瞳などというやつが時としてその背後に思いがけずいろいろなものを隠していることを、リーランドは経験から思い知らされている。あまりに多くの嫌なもの、おぞましいもの、残酷なものを見すぎた瞳がかえって柔和な光を帯びるようになる。いつも必ずというわけではないが、そういうことも人間にはときどき起きる。

そこへグウィネス・ホアンが現われたので、男二人は立ち上がって彼女を迎えた。中年になろうが老いにさしかかろうがいつまでも美しい女というものがいるのだな、というのがリーランドの心に真っ先に浮かんだ感慨だった。金髪を短く切ったグウィネスは、簡素な白いブラウスに脚にぴったりした黒い細身のスラックスという装いで、着けている装身具は虹色に光る水の雫のようなオパールのピアスだけだ。

ブレント・リーランド！　とグウィネスは歌うように言った。久しぶりね——なんていう言葉も、何だか空々しく響くけれど。ねえ、ブレントと呼んでもいいでしょう？　それから、沈昊、わたしの宝石を高値で転売して儲けようと企んでいる、悪い人！

それは心外だな、と沈は、いかにも傷ついたといった体の、眉を顰めた表情を冗談っぽく演じながら応じた。もしぼくが悪党だったら、そこらの宝石屋がするように、もっとずっと安い値で買い叩いてましたよ。

　わかってる、わかってるといったふうに沈（シェン）の肩を軽く叩きながら、グウィネスはいちばん奥の隅の席に腰を下ろした。その正面にリーランド、グウィネスの隣りに沈（シェン）という配置はあの晩と同じだ、とリーランドは思った。香港島で未だ熾烈な戦闘が繰り広げられていたあの晩……。ただしそのときはグウィネスの代わりにあのはかなげな風采、憔悴した顔の中国女が座っていた。

　あの後、予想通り日本軍が香港全体を制圧し、年が明けて一九四二年になり、何やかやあって、沈（シェン）とは何度か会った。いつも必ずこの店のこの席で向かい合って、情報交換……というほどのことでもない、何の役に立つとも知れないただのお喋りをし、飯を食い、酒を飲んだ。世間では物資が欠乏しはじめ、様々な食材も徐々に手に入りにくくなっていったが、この店に来ると、どういうルートで材料を調達してくるのか、なぜかけっこう旨いものにありつけた。材料の不足や不備を陳（チェン）老人の技倆が補っていたのかもしれない。本音を言えば、リーランドの目当ては沈（シェン）とのお喋りよりむしろ陳（チェン）老人の作る料理のほうだった。馮篤生（フォン・ドゥーション）というあの立派な顔立ちの老人がその座に加わることも一度か二度あった。しかし、香港島でまだ日英両軍の死闘が続いていた時期のあの深夜、今グウィネスが座っている席に座っていた中国女には、その後二度とふたたび会うことはなかった。その女もう十年以上前に死んでしまったという。

黄(ホアン)のことはお悔やみを……とリーランドはともかく言った。グウィネスはただにっこりして首を振っただけだった。

さて、何を食べましょう、と沈(シェン)が元気よく言った。今日はリーランドさんがご馳走してくれるそうだから、せいぜい高い料理を注文しなくては。

そうしてくれ、とリーランドは言った。ただ、陳(チェン)老人が亡くなって以来、ここの料理は味が落ちたとあんたは電話で言ってただろ。

えっ、そんなこと、言いました？　うーん、陳(チェン)さんに比べればそりゃあ多少落ちるかもしれないけれど、今のシェフだってかなりの腕前です。いやいや、美味しいものが食べられますよ。ただし、料理の選択を慎重にやらないと……。おい、ちょっと——と沈(シェン)は小姐(シアオジエ)に向かって手を上げた——、世昌(シーチャン)を呼んでくれないか。

店の入り口でリーランドを出迎えた小肥りの中年男が、階段を昇ってすぐにやって来た。沈(シェン)とはよほど親しいらしく、軽口の応酬を交えつつ、中国語と英語をこもごも喋りながら相談に乗ってくれた。グウィネスが自分は牛肉と豚肉は食べない、そもそもあまり量は食べられないと言うので、結局、海老とたけのこと卵の白身の炒めもの、鴨肉のローストのいちじくとプラムのソース和え、塌菜(ターツァイ)とフクロタケの山椒和え、タラの花椒風味揚げなどをとりあえず注文する。

鴨を召し上がった後あたりで、口直しの意味を籠めて、当店の特製コンソメを召し上がりませんか、と世昌と呼ばれた男が去り際に訊いてきた。十種以上の薬草入りの薬膳スープです。美味しいし、何より健康に良いのです。疲れがとれますし、血液から毒を抜いてくれます。ご長寿のためにぜひ……。

それを貰おう、とリーランドがすぐさま言った。おれが必要としているのはまさにそれだ。

他の二人の同意の頷きを確かめたうえで、世昌は愛想良く一礼し、踵を返して階下に降りていった。

あれがフロアマネージャーでね、と沈が説明した。馬世昌というあの男、じつは上海時代からのぼくの馴染みなんです。ここのレストランの皿洗いから始めて、厨房の下働きになり、ボーイになった後、真面目だし明るいし気が利くしということで、ここの経営者にすっかり気に入られて、この春からフロアマネージャーに抜擢されています。いずれ独立して自分のレストランを開きたいと思っているらしい。その節はどうか贔屓にしてやってください。

そう言えば、さっきあんたたちが話してた中国語、とリーランドが言った。あれはどうも広東語じゃないような気がしたよ。あれは——。

そう、上海語です。ぼくもさすがに広東語にはだいぶ慣れましたが、昔馴染みに会うと、何だか懐かしくてね、向こうもそうなんでしょう、二人ともつい上海語に戻ってしまう。

上海の言葉ってのは、広東語と北京官話の中間みたいなものなのかね。いや、全然違うのか……。ところでグウィネス、あんたの個展はまだ見ていないんだ、申し訳ない。十五年ぶりの香港にまだ体が慣れなくて、ぐったりしていてね。来週いっぱい開かれているようだから、週明けにはぜひ……。

どうかぜひいらしてください、とグウィネスが言った。わたしは会場になっている画廊にはごくたまにしか行っていないので、お目にかかれないかもしれないけど。

グウィネスさんの個展で、ぼくは小さな油彩画を予約しました、と沈（シェン）が言った。店に飾らせてもらうつもりです。テーブルのうえに本が開いて置かれていて、そのページのうえに枯れ葉一枚がのっている。ただそれだけの情景を描いた静かな絵。透明感のある光の具合がとても素敵で。

どうも有難う、と煙草に火を点けながらグウィネスが言った。あの絵はわたしも好きなんです。

沈（シェン）にビール、グウィネスにはリーランドが飲んでいるのと同じウィスキーが運ばれてきた。

では、とにかく、平和が戻った香港に、と言ってリーランドがグラスを上げると、沈（シェン）

は、
　リーランドさんの釣りの成果が豊かならんことを、と応じた。グウィネスもグラスを上げて乾杯に応じ、ウィスキーをひと口啜ってから、
　ブレント、あなたは戦争が終わってから、香港には……？　と尋ねてきた。

　これが初めてさ、十五年ぶりだ。いやあ、しかし感心したよ、香港のこの復興ぶりには。

　いやあ、まだまだですけどね、と沈（シェン）が言った。ただこの都市は、あれ以来、国際政治には翻弄されずにいる。それが救いです。朝鮮の場合、戦後処理があんなふうにぎくしゃくした不幸な成り行きで、気の毒なことになってしまったけれど、そういう騒ぎはここでは何にもなかった。中国共産党は台湾との緊張関係で手いっぱいで、香港に目を向ける余裕などとうぶんないでしょうし……。

　あっちこっちに工事現場があって、重機が動いてる。でかい建物を建てようとしている。道路なんか、戦前よりはるかに整備されているみたいだな。

車の数もどんどん増えてますからね。凄い勢いです。

あなたにたった一度だけ会ったあの晩……とグウィネスがリーランドに言った。

とんでもない晩だったよな、あれは。

海栄（ハイロン）があの日本人に食ってかかって……。

谷尾悠介に……。谷尾もあの晩は何か、激昂していたな。あいつがあんなふうに取り乱すところを見たのは、後にも先にもあのときだけだ。

それでも、絶交するとか、もう二度と会わないとか、そんなふうにならなかったんでしょう。やっぱりあなたたちは強い友情で結ばれた、良いトリオだったのね。

そう……そうだったんだろうな。

男性同士の友情って、結局は案外、単純なものだから。ときどき羨ましいと思うことがある。

グウィネスのその言葉にどの程度の配分で皮肉が混入しているのか知ろうとして、リーランドは彼女の顔をさりげなく観察したが、よくわからなかった。

谷尾は今頃、いったいどうしてるんだろう、とリーランドは言った。一九四五年八月にはどん底だった日本も、その後順調に復興を遂げつつあるようだ。南北朝鮮のあいだにドンパチが持ち上がったときは、戦争特需の漁夫の利で、日本はけっこう潤ったというし……。しかしあの男の場合、恐らく香港にはもう金輪際、戻ってくる気はないかもしれないな。

グウィネスは黙ったまま、水でもソーダでも割っていないウィスキーをひと口、ふた口、ぐいと呷った。どうやらグウィネスは大酒飲みのようだった。それにしてもこの女の瞳……これは柔和とはとうてい言えない瞳だな、という思念がリーランドの頭に何となく浮かんだ。たじろがない視線で相手の目を真っ直ぐに覗きこみながら喋る女だった。基本的にシャイであまり他人と目を合わせたがらないのが国民性のイギリス人にしては、珍しいほど眼力が強い。こっちの瞳を射貫き、自我の表皮を突き透し、心の底まで届いて、そこにうごめいているものをぜんぶ読み取ってしまうようなまなざし――少なくとも対座の相手にそんな印象を与えずにおかないまなざしの持ち主だった。しかもその瞳に様々な表情が浮かび、それがくるくると気紛れに移り変わってゆく。顔全体の表情がそんなに大きく変わるわけではないのに、瞳にみなぎる光の移ろいだけで意志や感情を語れる女……。とはいえ、それら様々な表情のなかに、柔和な優しみといったものはどうやら含まれていないようだな、とリーランドは思った。口にしているのはとりとめのない、当たり障りのない、ほとんど無内容な言葉であっても、そのお喋りのさなか、彼女の目には嘲弄、皮肉、軽侮、攻撃といったいろいろなものが閃いては消えてゆく。

問題は、それらの表情のどれもが艶っぽい官能の微光をまとっていて、男を浮き足立たせずにおかないことだった。この瞳にならば、嘲弄され、皮肉られ、軽侮され、攻撃されてもいい、そしてうちのめされてこの女の足元に拝跪してもいい、いや、ぜひともうちのめされてみたい、そんな欲望すらそそる瞳だ、と思った。もう十歳かそこら若ければ、ひょっとしたらおれだって……。いや、男の場合、こういう瞳にぞわぞわと胸騒ぎがして、浮き足立った挙げ句、思わず知らず妙なことを口走ってしまうというのは、年齢には無関係なのかもしれない。せいぜい気持ちを引き締めなければ、とリーランドは思い、そうかこういう女だったのか、と感じ入った。

大袈裟に言えば、深い静かな幸福と、鋭い不協和音のような苦悩とを、代わる代わる、ときには同時に、男に与えることができる、黒い天使……。黄も大変だったな、とリーランドは内心密かに同情した。その同情にはしかし、もし彼が生きていたらちょっと意地悪な言葉でからかってみたくなったかもしれない、そんな揶揄の気分も混ざっている。

グウィネスには目元にかかってくる髪を、うるさそうに顔を振って払いのける癖があり、彼女がそれをするたびに柑橘系のややきつめの香水の馥りがふわりと宙に漂い出し、それが何かを思い出させるような気がするが、その何かが何なのかわからない。黄は幸せだったろうが、苦しみもしただろうな、とリーランドは思った。いや、苦しんだに違いないが、それでも幸せではあったのだ、とむしろ言うべきなのか。どちらなのかは黄自身が自分をどう納得させたか、自分とどう折り合いをつけたかにかかっていて、おれには関わりのないことだ。黄を憐れむべきか、羨むべきか……。いずれにせよ黄はもう死んでしまったのだから、どうでもいいことだ。

ブレントは釣りをするのね、とグウィネスが言った。わたしの父も釣りを趣味にしていました。

ほう、川釣りかな、それとも海釣り？

川釣りですよ、もちろん。

じゃあ、香港じゃなくてイギリスの話だね。

もちろんそう。父は香港に仕事で来て、何年か暮らして、仕事がひとまず片づいて帰国した後は、香港には生涯、一度も戻ってこなかったの。引退後は釣り三昧で、病気になって体調を崩してからも、頑張って釣竿を担いで出かけていって、お医者さんに叱られてね。まあ幸せな人生だったんでしょう。もうとっくに死にましたけどね。

リーランドはこんどはもうお悔やみは言わなかった。あの人も死んだ、この人も死んだ……死んだ人が多すぎる。

誰も彼も死んでしまって……とグウィネスがぽつりと呟き、リーランドは自分の心のなかを言い表わされたように感じてぎくりとした。

お父様は香港がお好きじゃなかったんでしょうか、と沈（シェン）が言った。

そうかもしれない。わたしがここの高校に通っているとき、一家がイギリスに引き揚げることになったんだけど、わたしはたった一人香港に残って、絵の勉強を続けることにしたんです。ただ、その後も父は帰ってこい、帰ってこいとしつこく言いつづけ、わたしも最後にはとうとうその気になって……。結果的にはまあ、それで良かったんですけどね。戦争勃発の直前に香港から逃げ出せたから。でも、戦争が終わって、その父も亡くなり、イギリスにわたしを繋ぎ止めるものは何もなくなってしまった。それで、香港に舞い戻ってきたんです。で、海栄とまた付き合うようになり、結婚して……。ところがその海栄も死んでしまった……。ごめんなさい、つまらない話よね。

別につまらなくはないさ、とリーランドは言った。

いいえ、つまらない、とグウィネスはきっぱりと断じるように言った。昔話はもう止めよう。死んだ人は死んだ人。ああだった、こうだったなんて思い出だの後悔だのにいつまでもかまけていたら、前には進めない。宝石のたぐいを綺麗さっぱり、ぜんぶ処分することにしたのもそのためなの。

グウィネスは沈に微笑みかけ、沈もにこりとして頷いた。

ただねえ、とリーランドがやや懐疑的な口調で呟いた。前に進むって言うけど、どっちの方角が前なんだか……って問題はあるよな。人生ではその問題にいつもぶつかる。

ともかく足を踏み出す、とグウィネスは言った。そうすれば、その踏み出した方角が前ということになる。そういうもんじゃないの？

リーランドさんの場合、と沈が言いはじめたので、リーランドはとりあえず、あんたもブレントと呼んでくれ、と口を挟んだ。

ブレント、あなたの場合、今回の香港旅行はどうなんですか。前へ進んで、今ここにいるのか、それとも香港へ戻ってきたのか。やっぱり後ろを振り返って、香港が懐かしくなって、再訪という気分になったのではないのですか。

「ある用件で香港に行くことになった、ついては……」といった口上が中身のない口実にすぎないことを沈（シェン）は、そして恐らくグウィネスも、どうやら最初から見抜いていたようだ。それならそれでいいと思ったリーランドはあえて依怙地にならず、

うん、そう……まあたしかに、と素直に応じた。後ろを振り返って……か。そう言えばさっき、キャット・ストリートで、人ごみを掻き分けながら歩いてきて、この小路への曲がり角のところで、何気なく後ろを振り返ってみた。何やらえらい人出でね。まあ週末だしな……。この人ごみを掻き分け掻き分け、ここまで来たんだ、と何か茫然としてしまってね。で、こんどはまた前を見た。そっちもずっと、やっぱり大変な人出で、押し合いへし合いだ。しんどいなあと思った。それでこの小路へと折れて、まあ今おれはここにいる。……へへっ、いったい何の話をしているのかね、おれは。

料理の皿が次々に運ばれはじめたので、その話題は尻切れとんぼになった。のっけからやや重苦しい話柄になりそうになったことを後悔しかけていたので、湯気の立つ料理を前にして気分が変わったのが有難かった。イギリスでも中華料理を召し上がってますか、とグウィネスが尋ねてきて、ウェールズ地方も首都のカーディフをはじめ、ちょっと大きな町ならどこでも中華料理屋の一軒や二軒、必ずあるけれど、おれは行ったことはないな、と答えた。それからは食べ物についての、また香港やイギリスでの戦後の復興や日常生活の変化についての、他愛のないお喋りが続いた。料理はどれも非常に美味だった。

おれは美食家とは縁遠い野人だから、料理について知ったかぶりを言えるような柄じゃないが、とリーランドは言った。ここの料理人はなかなかどうして、大したもんじゃないか。中華は中華だが、何かフランス料理みたいなテイストがある……。

うん、そうですよね、と沈（シェン）も頷いた。どこがどうとは、うまく言えないけれど、何か洗練されたスタイルを感じますよね。何しろ非常な勉強家で、日頃いろいろ研鑽を積んでいるシェフだって話は聞いてます。

なあ、さっきの話だが……。

はい？

何のために香港へ戻ってきたのかという話。たしかにおれにとって香港というのは、過去のエピソードだ。その過去へ後戻りしてきた。それは事実なんだが、でもまあ、懐かしいというのとはちょっと違うんだよな。たぶん、確かめたくなったんだと思う。ほら、犯人は必ず犯行現場に戻ってくるとか、俗に言うじゃないか。

何を確かめるんですか。

うん……。その過去ってやつが、実際に在ったかどうかを……かもしれない。

過去は在ったに決まってるじゃないですか。未来はまだないけれど、過去は在ったから過去なんで。

さあ、そう簡単に言えるものかどうか。

で、確かめられたんですか、香港を再訪されて。

いやあ、確かめられない。確かめられたのは、香港がいま現に在るということだけだ。現在の香港はたしかに在る。しかし過去の香港が在ったかどうか、それはいっこうに確実ではない。

何やら哲学的な、深遠なお話のようで、ぼくにはよくわかりませんが……。でも、ブレント、あなたは今こうしてぼくに会い、グウィネスさんにも会っていて、そうすると何だかんだ、いろいろと甦ってくるものがあるでしょう。二十年前に起きたことの、情景、言葉、音だのにおいだの……。

それは、ある。

結局、過去が存在するというのはそういうことを言うんじゃないですか。

とりあえずそうしておいてもいいと思わなくもなかったが、自分が言いたいのはもう少し別のことなのだ、という思いがはっきりした言葉にならないのがリーランドにはもどかしかった。ウィスキーをぐいぐい飲みつづけていたので、いつの間にか思った以上に酔いが深まり、頭が上手く働かなくなっていることに不意に気づいた。

何と言ったらいいのかね……。十五年ぶりに香港の土を踏んで、過去の実在を確かめることは不可能だ、ということだけは確かめられた。まあそういったところで、おれとしては一応満足だ。確実なのは結局、すべては過ぎてゆく、ということだけか。すべては後戻りなしに過ぎていって、過去になっていき、過去になったものはもう確かめられない……。

わたしは過去が実在しようとしまいとどうでもいい、とグウィネスが、何杯目かのウィスキーのグラスを口に運びながら言った。死んだ人たちの思い出を甦らせたいとも思わない。思い出がまとわりついたアクセサリーも服も家具も、ぜんぶ処分してしまったし。ただ、前に進んでいきたい。その前がどっちの方角であろうと、それもどうでもいい。大事なのはとにかく前へ、前へと足を踏み出すこと。

その意気や佳し、とリーランドは言った。しかし、こっちにしてみると、残り時間がもうあんまりないのでね。どっちの方角へ進むにせよ、今から稼げる距離などもはや高が知れてる。そういうことはある。おれは今年で、七十七だぜ。

ブレント、あなたに泣き言は似合わないわよ。

いやあ、泣き言じゃない。冷厳なる事実だよ。おれの人生の宴はもう果てた……。

すると、「宴（レヴルズ）」というやや文語調の単語に即座に反応して、グウィネスが、『テンペスト』ね、と呟いた。

リーランドは頷いた。シェイクスピアが書いた最後の戯曲『テンペスト』で、主人公プロスペローは、すべては過ぎてゆく、すべては消え去る、という感慨を洩らす。あの有名な数行をリーランドはもちろん暗誦できたが、それも気障かと思い、またグウィネス自身、きっとそれをよく知っているのだろうとも思い、黙ったまま心のなかで声を響かせた。

われらが宴はもう果てました。ここにおります役者どもは、
皆様がたに予告しておきました通り、みな精霊たちで、
空気のなかに――薄い空気のなかに溶けてゆくだけです。
そして、この幻覚を織りなすとりとめのない素材と同様、
雲を頂く塔も、豪奢な宮殿も、
荘厳な寺院も、巨大な地球そのものも、さよう、
地上に受け継がれてきた何もかもが、いずれは消滅し去り、
今この場に薄れつつある実体のない見世物さながら、
後には何の痕跡も残しません。われわれは
夢と同じ材料でできていて、われわれのささやかな生は
眠りで包まれているのです。

あなたのシェイクスピア好きは海棠（ハイロン）からよく聞かされた、とグウィネスは言った。ブレントって男はね、何かというとすぐシェイクスピア、シェイクスピア、シェイクスピア！

何なんだ、あれは、ってあの人、面白そうに……。日本軍の侵攻を喰い止める方法を書いておいてくれなかったというんで、シェイクスピアを恨んでいるんじゃないか、なんて言って笑ってた。

日本軍の侵攻を喰い止める方法を書いてはいないが、とリーランドはルネッサンス期の文豪を弁護したい気持ちになって言った。あいつ、やっぱりなかなか大した男でね、歴史上、伝説上の様々な暴君どもの、迫真の肖像を鮮やかに描いてみせてはいるよ。ヘンリー六世、マクベス、リア王、コリオレイナス……そして極めつきとも言うべきリチャード三世……。なぜ民衆が、統治者として明らかにふさわしくない、狡猾で衝動的で邪悪な人物に心を惹かれてしまうのか。その政治過程の悲劇的なメカニズムを、透徹した筆遣いで描き出しているんだ。おれはあの戦争中、シェイクスピア全集を何度も読み返しながら、つくづくそう思ったもんだ。

へえ、そうなんだ、と気の無い口調で受けたグウィネスは、リーランドがシェイクスピアについて熱っぽく語り出したあたりから、急に何やら心ここにあらずの体になっていた。彼女は黒い鰐革の小さなハンドバッグを開け、ルージュと手鏡を出して、唇に手早く紅を塗り直した。それから、男二人に向かってにっこりして、

今夜は本当に楽しかったわ、と言った。あのね、このまま飲みつづけていると、わたし、とことん飲んで酔い潰れちゃいそうなんで、このあたりでお先に失礼します。お二人

はどうかこのまま、もう少し楽しんでいらして。

え、そうですか、何かデザートでも……と沈が狼狽気味に言ったが、いえいえ、もうお腹がいっぱい、と言いながらグウィネスはさっと立ち上がった。男二人も慌てて立ち上がる。

ブレント、わたしの個展にいらしてくださるのよね？　来週水曜ではいかが？　水曜の夕方ならわたしは必ず画廊にいますから。その後、夕飯でも食べません？　画廊の近くに気の置けない、美味しいイタリア料理店があるからご案内するわ。ミスター沈もご一緒にいかが？

リーランドも沈も、グウィネスがてきぱきと一方的に話を決めてしまう勢いに気圧され、それはいいですね……といったことをもごもごと呟くほかはない。

グウィネスは不意に顔を寄せてきて、狎れ狎れしくリーランドの肩に左手をかけ腰に右手を回して、頬に接吻した。イギリス人にしては珍しく率直な感情表現だった。二十年前に一度ちらりとすれ違っただけで、今日会うのが実質上はほとんど初対面のような男への別れの挨拶としては、不相応に熱の籠もった仕草で、思わずどぎまぎしてしまう。グウィネスは沈の頬にも同じように接吻し、二人の顔を交互に見つめながら、

どうも有難う、では水曜に、と言うなりさっと身を翻して階段を足早に降りていった。

男たちはまた席につき、目をちょっと見合わせ、かすかな苦笑を交わし、どちらからと

もなく盃を上げて乾杯の仕草をなぞってみる。

どうもね、あの人には敵わない、と沈（シェン）が呟いた。

黄海栄（ホアン・ハイロン）が惚れこんだだけのことはある、肝の据わった大したレディだな、とリーランドも嘆息した。来週もう一度会えるのが楽しみだ。

ふん、この三人でまた飯を食うのか、それも面白いな、とリーランドは考えていた。グウィネスと沈（シェン）、この二人となら友だち付き合いが出来るかもしれない。男同士の友情ってものは――なんぞと、あの女、生意気なことを皮肉混じりに、ちくりと言っていたな。それじゃあ、そこに女が加わるといったいどういう友情が生まれるのか。そもそもおれの人生で、女ってものはいったい何だったんだろう。母親、妹……それ以外に……。恋人はいた、大昔の話だが。愛人も……何人かいた。妻とか伴侶とかという名のあの不可思議な存在とは結局、縁がないまま終わってしまったな。だから娘もいない。あとは仕事の関係か。同僚だったり捜査の対象だったり、いろいろな女と接点があり交流があった。しかし、「女の友だち」なんぞという代物を持ったためしは絶えてなかった。やはりおれの無意識のどこかに、女というものを拒絶する力が働いていたのだろうか。もしかしたらそれは拒絶ではなく恐怖だったのか。だが、あの女とのあいだなら……友情と呼んでもいい何かが生まれるかもしれない。そんな可能性があるような気がする。沈（シェン）やグウィネスと友情を結ぶ……悪くないな。この歳になって新しい友だちが出来るというのも、なかなか奥床しいことじゃないか。

料理はもうほとんど食べ終えていた。すでにお茶も出ていた。当たり障りのない話題がしばらく続き、さて、ではわれわれもそろそろ――とリーランドが言おうとした、その矢先、

あのね、ブレント、と、少々居住まいを正すような声音になって沈が言い出した。あなたは以前、上海工部局警察部の日本人警察官で、指名手配になっている男がいるという話をしていたでしょう。

さあ、そうだったかな……。警察官、指名手配……？

そういう男がいることがわかった、と。あなたは捕虜収容所に入れられていたあいだに、その情報を日本軍に提供しようという気にはならなかったのですか。

いやあ、そんなことは忘れてしまっていたし……。

それはあるいは、日本軍が咽喉から手が出るほど欲しがっていた情報だったかもしれない、と沈は言った。

リーランドはウィスキーが底にほんの少し残っただけのグラスを手にそっぽを向いていたが、視野の隅に、表情をかすかに強張らせた沈の顔が映っていた。

その情報を与えてやれば、彼らは喜んだでしょう。そうすることであなたに対する彼らの覚えがめでたくなり、見返りに何かをしてくれたかもしれない、報賞として、あなたの

得になることを……。収容所生活はさぞかし苛酷だったでしょうが、何か特別扱いをしてもらえるとか、負担を多少免除してもらえるとか。

さあ、どうかな。考えてもみなかった。いやあ、そもそもそんなことで手を緩めてくれるような、やわな連中じゃなかったよ、あいつらは。

いやいや、そういうこともあったと、ありえたと思いますよ。少なくとも、そういった利得があるかもしれない、という希望的な憶測があなたの側にあっても当然だった。でもあなたはそれを求めなかった。その日本人警察官のことだけじゃなく、あなたはきっとどんな情報も洩らさなかったに違いない。じっと口を噤んで……それで、むしろひどい仕打ちを受けたんじゃないですか。ぼくにはわかります。

短い沈黙の後、リーランドは、

おれはネズミじゃないから、と吐き棄てるように言った。それでいいだろ？　さあ、もうこの話は止めよう。

名誉だの沽券だのというご大層な言葉をわざわざ口にするのはリーランドの趣味ではなかった。心の底に仕舞っておけばいい。

止めますが、その前にひとことだけ。有難うございます。

リーランドは相変わらずそっぽを向いたままで、それには返事はせず、さ、そろそろ行こうじゃないか、とだけ言った。小姐（シアオジエ）を呼んで、勘定を頼もう。

勘定を済ませ、タクシーを呼ぶかと小姐(シアオジエ)に訊かれたが断わった。深々と頭を下げる沈(シェン)の友だちのフロアマネージャーに丁重に見送られ、外の路上に出てみると、あたりはもうすっかり夜の闇に鎖されていた。風のない大気中にも道路のアスファルトにも昼の暑熱が籠もったままで、たちまち汗が噴き出してくる。リーランドが立ち止まって煙草に火を点け、大きくひと息吸いこむのを待ったうえで、沈(シェン)が、

どうです、ブレント、もうホテルに帰りますか、よかったらもう一軒、どこかへ回ってもう少し飲みませんか、と誘ってきた。

いいねえ、とリーランドは言下に応じ、二人は肩を並べ、摩羅上街(アッパー・ラスカー・ロウ)をめざしてゆっくりと歩き出した。もう同じ側もない、違う側もない、おおよそのところはもへったくれもない、ただこいつと肩を並べて歩くだけだ、と思った。

あのな、とリーランドは言った。死んだ人は死んだ人、終わったことは終わったこと、もう関係ないんだ、どうでもいいんだみたいなことを、あの豪儀なレディは宣(のたま)っていたが——。

本心というわけでもないのでしょう。自分にそう言い聞かせて、何とか切り抜けていこうとしているんでしょう。

うん。ただ、考えてみると、おれの香港再訪の目的というのはやっぱり、死んだ連中への供養というのが大きかったんだろうな。飯を食ってるうちに、だんだんそんな気持ちが

強くなってきたよ。大袈裟に言えば、鎮魂だ。黄（ホアン）もその一人だが、捕虜収容所暮らしのあいだも、おれの周りでずいぶん沢山の連中が死んでいった。きっとあんただって、この二十年、少なくない数の死を看取ってきただろう。

そうですね。

すべてが崩れて、滅んで、過ぎ去って……死んだやつらの、肉体だけじゃない、魂もまた、薄い空気に溶けていって……。それならそれでいいさ。だがしかし、生き残ったやつらは、つまりおれたちは、何をしたらいい。何も出来ないのか、彼らのために。

さあ、どうでしょう……と沈（シェン）は考え考え、ゆっくりと言った。ときどき、いやほんのときたまでいい、彼ら、彼女らの顔を思い出しながら、一緒に過ごした時間を甦らせながら、酒を飲む、と。それでいいんじゃないですか。独りで飲んでもいいし、誰かと盃を酌み交わしてもいい。というか、結局、それしかできないのだから。

そのとき、記憶の底から不意に浮上してきたシェイクスピアの一節があり、リーランドはそれを我知らず声に出して朗誦していた。沈（シェン）が当惑顔で目を向けてくる。

もう恐れるな　猛暑の陽射しも
怒り狂う冬の暴威も
あなたはいまこの世の務めを果たし

故郷へ帰り　報酬を受け取る
輝かしい若者たち　乙女たちも
煙突掃除人のように　みな塵となる

『シンベリン』で歌われる葬送歌だった。幸いおれはまだ塵になっていない、とリーランドは思った。それまで、時間の長短はともかくとして、まだいくばくかの猶予がある。あるはずだ。酒を飲み、友と付き合い、釣りをして過ごそう。

なあ、こんどイギリスに遊びに来いよ、と言ってリーランドは沈(シェン)の肩に片手をかけた。イギリスはまだ行ったことがないんだろ？　グウィネスと一緒に来てもいい。おれが今住んでるのは何もないつまらん村だが、一軒だけあるパブは旅籠屋も兼ねていて、粗末だが一応清潔な寝室を用意してくれる。そこを起点に、ウェールズ地方を観光して回ったらどうだい。ガイド役はおれに任せてくれ。人口より羊の数のほうが多いと言われるど田舎だがな、何しろ風光明媚だし、あんたがそういうものに興味があるかどうか知らんが、古ぼけた城やら何やら、辛気臭い過去の遺物もいろいろある。一緒に釣りに行ってもいいな。パイク釣りを教えてやるぞ。

そいつは素敵だなあ、ぜひぜひ、と沈(シェン)は朗らかな嘆声を上げた。

※作中、シェイクスピアの引用の翻訳は作者（松浦）による。

参考文献

和久田幸助『日本占領下　香港で何をしたか――証言　昭和史の断面』岩波ブックレット
NO.195、一九九一年
謝永光『日本軍は香港で何をしたか』（森幹夫・訳）社会評論社、一九九三年
石田甚太郎『日本鬼（ヤンブングワイ）――日本軍占領下香港住民の戦争体験』現代書館、一九九三年
小林英夫『日本軍政下のアジア――「大東亜共栄圏」と軍票』岩波新書、一九九三年
關禮雄『日本占領下の香港』（林道生・訳、小林英夫・解題）御茶の水書房、一九九五年

初出
香港陥落　「群像」２０２０年９月号
香港陥落――Side B　「群像」２０２２年９月号

松浦寿輝（まつうら・ひさき）
1954年東京生まれ。詩人、小説家、批評家、フランス文学者、東京大学名誉教授。1988年『冬の本』で高見順賞、95年『エッフェル塔試論』で吉田秀和賞、96年『折口信夫論』で三島由紀夫賞、同年『平面論――一八八〇年代西欧』で渋沢・クローデル賞平山郁夫特別賞、2000年『知の庭園』で芸術選奨文部大臣賞評論等部門、同年「花腐し」で芥川賞、05年『あやめ　鰈　ひかがみ』で木山捷平文学賞、同年『半島』で読売文学賞、09年『吃水都市』で萩原朔太郎賞、14年『afterward』で鮎川信夫賞、15年『明治の表象空間』で毎日芸術賞特別賞、17年『名誉と恍惚』で谷崎潤一郎賞およびBunkamuraドゥマゴ文学賞、19年『人外』で野間文芸賞を受賞。著書に『青天有月』『川の光』『不可能』『無月の譜』ほか多数がある。

香港陥落（ホンコンかんらく）

二〇二三年一月一一日　第一刷発行
二〇二三年二月二四日　第二刷発行

著者　松浦寿輝（まつうらひさき）
発行者　鈴木章一
発行所　株式会社講談社
東京都文京区音羽二―一二―二一
郵便番号　一一二―八〇〇一
電話　出版（〇三）五三九五―三五〇四
　　　販売（〇三）五三九五―五八一七
　　　業務（〇三）五三九五―三六一五
印刷所　株式会社KPSプロダクツ
製本所　株式会社若林製本工場
本文データ制作　講談社デジタル製作

KODANSHA

定価はカバーに表示してあります。
落丁本・乱丁本は購入書店名を明記のうえ、小社業務宛にお送りください。送料小社負担にてお取り替えいたします。なお、この本についてのお問い合わせは、文芸第一出版部宛にお願いいたします。

ISBN 978-4-06-530023-7